暮见

MU
JIAN

高璐 著

天津出版传媒集团
百花文艺出版社

图书在版编目（CIP）数据

暮见 / 高璐著 . -- 天津 : 百花文艺出版社 , 2025.
2. -- ISBN 978-7-5306-9060-4

Ⅰ . I227

中国国家版本馆 CIP 数据核字第 2025GB2260 号

暮见

MU JIAN

高璐 著

出 版 人： 薛印胜

责任编辑： 郑 爽

策划编辑： 彭 雪

装帧设计： 悟阅文化

出版发行： 百花文艺出版社

地址： 天津市和平区西康路 35 号 **邮编：** 300051

电话传真： +86-22-23332651（发行部）

+86-22-23332656（总编室）

+86-22-23332478（邮购部）

网址： http://www.baihuawenyi.com

印刷： 成都市兴雅致印务有限责任公司

开本： 880 毫米 ×1230 毫米 1/32

字数： 204 千字

印张： 8.75

版次： 2025 年 2 月第 1 版

印次： 2025 年 2 月第 1 次印刷

定价： 69.00 元

如有印装质量问题，请与成都市兴雅致印务有限责任公司联系调换

地址：成都市金牛区沙河源街道陆家桥社区

电话：028-83181689

邮编：610000

序

见，是为了发现

《暮见》这个名字，让我有一些蒙，为什么是在这时？为什么又要在这时？是为了黄昏后那袅袅炊烟中的朦胧氛围，还是暮色苍茫中的欲说还休。抑或是一种向往中的拥抱黎明，去春江花月中觅得滟滟随波的风景。

我用一天的时间浮光掠影又囫囵吞枣似的几乎在且读且停中读完了高璐的《暮见》，掩卷后真还有些欲说还休。

《暮见》有一种黄昏过后黎明的曙色，带着清新的光亮和沁脾的凉适，这种曙色和凉适中又生发于黄昏那样沉稳而霞彩的官床。如：汶月清歌，羌格尾音，又如时间薄影。即使且行且吟也戴着诗人哲人似的涟漪眼镜。

诗，贵为美。

王国维先生说："词以境界为最上，有境界则自成高格，自有名句。"境有造境，有写境，也有有我之境，无我之境。这里的境界包括物境、情境、意境。境界既指一定的地域范围，也是更高的审美标准。

词如此，诗又何尝不是这样呢？高璐的诗在悄然的叛逆中又忠实地实践着这样的审美。

我曾在她生长和生活的土地上工作了五年，如她一样，对那片土地有着深情的爱恋，她用心灵和情爱歌唱的每一个地方我都十分熟稔。我总会看见那些迎我而来的山水、拥我而入的云霓、沉我而里的烟霞。于是，我看见了让我心旷神怡又心之向往、情倾一簾的境界。

汶川大地震已经过去十六年了，但痛却难以消失，相较于伤痛病痛，诗人有种别样的痛，是圣洁而轻盈的，又是铭记而远走的。在《映秀江边吟》中，诗人的痛是"皈依的羽毛，把翅膀束缚在身后／那些露珠，是隐藏在羽翼里的泪滴"。

同样的思念，同是大禹，却因思者不同而让人难以释卷，在《大禹农庄静思》中，诗人寄托着她思念的山高水长："我用痴妄，一米一米收割阳光／再将它们搓成十公里长的织带／未来的某一天／我在威州播撒眷念的种子／禹地的那一头，便能／盛开春天的羊角花"。在《涂山离歌》中，涂山氏那痛彻心扉的思恋却又那么地老天荒："我轻唤：耶格西！拂晓来临／归去来兮"这样的呼唤本就带着洇洇血色，十三年的血色何以消解呢？"酒已化成风／候人兮，猗！"

诗人总是春江水暖的那只"鸭"，又总是歌唱时代的草原云雀。在文运中去书写国运。高璐对变迁、对脱贫后的乡村、对新业态乡村的书写有时寥寥数语，画龙点睛。如《老街絮语》"老榆树说／菩萨搬家了／他现在住城西"。有时又在直抒胸臆中细致入微。如《通村公路》中"通山的公路／把丰收的红花别在胸口／带着一座山的微笑"。

诗人是当然的民族歌手。高璐对她的民族爱得深沉而久远，同时又悠游于共同体的浩淼大河中。

羊是羌人的精神皈依和图腾，羊性文明所代表的母性和农耕文明一直是中华文明的底色。诗人在《羌山晓月》中，巧妙地赋予羊近似于神性的光芒。"羊，大抵是水草丰沛时／随羌，踽踽而行／不是风传递，也并非云的呓语／是金丝猴和日月星辰／都难以丈量的人性"。不仅如此，这块土地上穿着羊皮褂子的人也有狼的血性，有天高地厚的家国情怀。在《远行的辫子》中，诗人自豪地面向大海：“在三江，风被种在土里/像魂归故里的辫子……剪掉的辫子/浸润海水的辫子/在三江的土壤里生长盐分/生长骨头，生长不屈的孢子”。

一个迁徙的民族，必伴之以苦难。“迁徙，不是赞歌/是风的种子渴望返青的/大口呼吸”“骨针缝合的记忆/需要更多的片石和骨骼来堆积”。

青春的逝去，岁月的流逝，总是给人伤感，“我和每一个转身对话/总有来不及告别的一湾芳华/在不为人知的角落/独自枯荣”“或许，需要走更多的路/才会发现，腐朽的根须/多数没有抓力”。前者，那么凄美，后者又那么无助，却都抓心。

当然还有乡愁与城市、还有亲情、还有旧时的邮票和相册，还有远山淡影、江河长歌。所有的这一切都写给了东坡先生：“你的心里究竟装了多少盏灯/才能如此光明/才能怀揣一蓑烟雨任平生的通透/至死不渝”。

除了这些美轮美奂的物境、情境、意境相互交融、相映成辉外，一些妙趣横生又活蹦乱跳的个性之语又在生成诗人的特质，如“又是一轮盛放”“就连屋檐下躲雨的茶香”“让每一页赶路的诗句”“骑着蜗牛转场”“燕子的尾巴裁出矩形的春天”“往前/才追得上信仰”“蹦起一群背诵古羌经文的鱼”等，这样的句子在诗集中俯拾即是，这些句子不仅彰显了诗人求新、图新、创新的初衷，也昭示着诗人一路向前的脚力。

仍然还有些欲说还休，仍然还有些难以释怀。一个不写诗的人自认读出了一些诗的况味、诗的境界。

对那些诗人呢？

那块土地，那块土地上的民族以至于那块土地上的所有，都存留着诗的种子，都不断地生长出不同的境界，有些需要风、有些需要雨、有些需要唤醒、有些需要发现。对于诗人而言，也许是暮见，但对于一段历史、对于一个民族、对于一块土地也许又是可遇不可求的喜见和早见。我期待着诗人拥有更宏阔的境界、更旷博的视界、更久远的心界。

只要走在路上，总会相见；只要深入土地，总会遇见；只要攀上山顶，总会看见。

走出去，才有境界，走出去才是境界。

谷运龙

2025年初春于成都

自 序

站在蔓草边缘，暮见人间

当人生的秋风把时间吹得簌簌作响时，我开始思量，是否可以做点什么。

人人渴望成为随风流浪的风滚草，肆意游荡在自由的生命维度里，可人生何其艰难。万幸的是，无论身处何种境遇，我一直都未从文字中抽离过自己。在我生活轨迹之外，用文字圈定我的快乐疆域，听到褒赞的声音莞尔一笑，听到质疑的声音同样莞尔一笑。我率真地表达真实的我，努力活成自己喜欢的样子。于是，在日渐恒定的状态里，这些灼灼生长了多年的文字，从阳光与雨雪并存的生命之崖发芽、抽叶、开花，尽管缺少些高贵典雅的气质，但我仍然不遗余力地呵护着，浇灌着。它们熨帖我真实情感的额头，缓缓推开一扇特定地理环境下的心灵之窗，我尽力以过往与现在为基石，以身边熟知的一切为小切口，赋予每一片山水以灵肉，以精魂，努力建构一组独属于我内心的立体群雕。

这些如旧时邮件般翩翩而至的诗句，化身岷江河畔的杨柳风，或是高山之巅的牛毛雨，在缓歌曼舞中，质朴地排列成绿色梯田。它们时而温润如玉，时而精心凝眸。它们势必要穿越我，研磨我，铺展我，直到我彻底从行色匆匆的路途中，分娩一本叫作《暮见》的集子。

2024.7.19

目 录

CONTENTS

汶月清歌

羌格尾音

■■■ 时间薄影

■■■ 且行且吟

汶月清歌

汶川的古法线条以及濯洗天空的丹青

又是一轮盛放
与白桦树上躺着的炊烟无关

丰腴的，娇小的
云朵上的，烟雨中的
像是难以入境
却又实实在在地进入了

每个村落都有各自的运笔
异曲同工地秉持了汶之语法的淡雅与清新
众多个牵引，以牵引之名
静谧，静待，静语

很快，空荡荡的耳朵被浩瀚充盈
布瓦山化石般的交响
醉了低海拔的氧
在山涧复迭
无数个回旋奏鸣
无数个黛色轮廓
被音浪震颤得层次分明

阳光，惯于隔代宠溺
宠溺姜维城下少不更事的五角枫
一个熹微的拥抱
就把枯槁的山头温暖

一如往常
岷江已酒过三巡
而一个族脉的源代码
他始终暗藏于心
直到逆流而上的涟漪里
蹦起一群背诵古羌经文的鱼

映秀江边吟

在映秀
初春的气流不再剑拔弩张
东村带着一丝矜持
和归隐的愿望
沿途播撒谷雨的柔暖

不用在意，晨雾叠加的状态
还有边界模糊的视觉干扰
宇宙拿铁色
最会调剂河谷狭长的背影
昆仑已沿江攀岩了十八里
何处落脚，风月各说不一

五月，有落叶沉睡在森林的苔藓上
自由的风再度入梦
皈依的羽毛，把翅膀束缚在身后
那些露珠，是隐藏在羽翼里的泪滴

静听水磨

然而，没有一缕清风
会在万物歌唱的春渡中选择舍离
就连屋檐下躲雨的茶香
都不忘哼唱绵长悠然的小调
显然，茶园的体温
捂着最温暖的星辰

讲小镇老故事的
除了字库塔和万年台
还有先祖的跫音
这些振聋发聩的印记
超越阡，超越陌
超越经脉相连的只言片语

假如天空
继续保持含蓄的姿态
那么色彩
一定可以长出内敛的翅膀

回溯到邈邈白果坪
我如此熟悉，那些木质的秘境

正一片一片捡拾羽毛
如同紧盯天象的寿溪河
把斜阳都淬炼成了水的精灵

悬浮的尘埃
可以调动仰望者的眼神
而众生在低处
吟哦东坡先生偶遇五世孙者
禅寿的核心通常身披布衣
隐于深山

看远山，远山无名
太多纯粹的怀愿
从青丝到白发

一叶自说自话的茶

是的，我从阳光走来
呼吸里的每一丝馨香
都和阳光挤在一起

还记得吗？我和你
静卧于同一条歌唱的河流
日复一日
看狭长的驿道用号子灌溉黎明

如同沉睡的诗词
一苏醒就要去找平仄的往事
我先一步启程
在泛着清冽茶色的一方净土
寻觅你的身影

他们说，钙化的月亮
无法关联下一次潮汐
如同你
走不出逆行的轨迹
看来
我是无论如何也等不到你了

何为安身？何为立命
光阴的树在你耳边枯了又枯
羊在哀鸣，马在嘶吼
鸟在啜泣，而你
为何如此沉寂

我用绿色的词牌名托着落日的下巴
让每一页赶路的诗句
都饱蘸你的气息
泛黄的纸张
立于青山之上
那么高远，那么清晰
而你，是否听到了
来自茶马互市的时间轰鸣

或许，你只是古道上的马铃
是背客的打杵棍
是塞满粗布荷包的几枚铜板
是隐入尘烟的生命曲线
于我而言，你是高山，是流水
是无可替代的画像与背影

守望的距离越拉越长
我，仍旧以西路边茶之名
延绵一份殷殷之情

木上新雨

铺向云端的路一米又一米
虔诚地传递着扶贫者坚定的脚印
叩响斑驳的木上寨门
让嘹亮的歌声伴着羌寨亘古婉转的旋律
穿透进黄泥夯实的土墙里

真情的经脉盘绕在群山之间
牵动着峡谷深处奔涌而出的激情
一个个用爱书写的托举
正驱散漫漫冬日萧索的寒意

春雨绵密
一捧睿智的清泉
在温润中濯洗着牧羊高地的灵韵
透过掌心，浸润了刀耕火种了千年的土地
孕育着木上希望的种子
在朝晖中破土发芽
向着东方笔直，挺立

大禹农庄静思

窗外的羊角花
以柔软的腰肢轻抚初来乍到的我

被热浪反复撕扯的肺叶
似乎又有了舒展的活力

有那么一瞬间
我揣测，小轩窗外梳妆的白鹭
是否会在子夜时分
落在我的梦境

事实上，这一夜
注定无眠
或许，是这山庄陌生的清凉气息
是核桃与雨的不期而遇
或许，是虹鳟鱼倚靠禹溪的惬意
是羊群在丛林中奔跑的不羁

独坐小木屋，静候月光猎奇
山谷的熏风
临摹禅修的物语

时而在梧桐叶上静心打坐
时而向一个过客吐露隐秘的心事

而我只能从只言片语中
一点点拆解经纬交错的方言
让多重皴染的水墨时光
无可救药地俘获我
流水潺潺的心

次日清晨
在农耕体验园外
我用痴妄，一米一米收割阳光
再将它们搓成十公里长的织带
未来的某一天
我在威州播撒眷念的种子
禹地的那一头，便能
盛开春天的羊角花

风啊，你慢点吹

风啊，你慢点吹
莫让萨朗舞中跳跃的光影
放飞了果园里盛开的七彩祥云

风啊，你慢点吹
莫让樱桃树飒飒的歌谣
淹没了阿妈唤我回家的乳名

风啊，你慢点吹
莫让火塘飞扬的碱灰
遮挡了木上云端那一抹绚丽

风啊，你慢点吹
莫让大山焦急的骤雨
淋湿了我迈向晴好的千层底

风啊，你慢点吹
莫让仲夏此起彼伏的花海
模糊了路灯下驻村干部匆忙奔走的
身影

岁月流经三江的心脏

或许是烟雨
定下了这一方山水的基调
浑然天成的三江之韵
旋转，曼舞
任由靛蓝层层叠加
欣欣然，一湾春色
和两岸烟火不期而遇

大地留白
守着雁归后的苍穹
唯有零碎的音符随涟漪轻轻拍岸
时光的倒影负责架构旋律
时而追着光跑
时而密云不雨

此刻，我蛮荒的修行
抵达一条老街静止的表象
远观仁吉喜目谷的花海
以风车的年轮为蓝本
拉开时空之门
激活水墨细胞的灵动与幽静

偶尔，只是偶尔
在停驻的半边天
坐等时间慢慢地描，细细地绘
描白鹭模拟季节破壳
于山水间莞尔一笑
绘梧桐抛下的绣球
向百岁老人讨要树影婆娑的乡音

所有光影，都以钝角的开博
解读神农之谜
直到珙桐家族的神经末梢
发出鸽子般幸福的低鸣

再回首，鹞子山已是
红枫为羽，长袂拂面的翩翩少年
在贪杯的月色中
释放血脉偾张的能量场
磁吸一颗又一颗羁旅的心
回到春风阁，回到西羌汇
回到虬根盘结的水磨老街
唱一曲大爱无疆
咏一段生生不息

远行的辫子

在三江，风被种在土里
像魂归故里的辫子

当我喊出这振聋发聩的词语
辫子的痛点
早已填进民族气节的釉色里
从海到山，从宁波到阿坝
凿开思乡的悲歌

剪掉的辫子
浸润海水的辫子
在三江的土壤里生长盐分
生长骨头，生长不屈的孢子
在辫子擎起的蓝天中
那些有关家和国的章节
正拔节新的精神高度
一路蜿蜒，一路沉浮

青春啊，如此滚烫

我是绵虒古城墙下奔跑的脚印
小时候是，长大了也是
我是石磨里汩汩流淌的豆浆
白如雪，甘如饴
我是扎进河心的芦苇
风一吹，思念便绵延三十里

我手持烟火
枕着族群的名字入眠
梦把黑夜吞噬，黑夜再反噬我
一个又一个集体的秘密
随着天边泛白逐一公开
日月更迭的影子却渐渐清晰

我确信，我没有迷路

青春的火光沿着地平线走
我和每一个转身对话
总有来不及告别的一湾芳华
在不为人知的角落
独自枯荣

故乡的那场雨

我无法界定
迎着风开放的涂禹山
是翻阅四季的动词
还是温情氤氲的名词
就如同无法界定
地平线属于天空还是大地

上关街憬然有悟的半个世纪
每一圈轨迹
都是密集的循环往复
每一次沉寂
都是与时光博弈的叩问与轮回

被咒语锁定的伏地魔
还在古城墙边
方寸不乱地
与一只叫“虒”的神兽对垒

巍巍马岭山

马刀褪掉鲜红的皮肤
脊背残缺，守着空旷和荒芜
一闭眼，就是百年

那一刻，天空死了
留下红色种子呐喊的波段

视野的最边缘与战火相撞
碰出一地的格桑花

红军桥

我不知道有多少人
仰视过这座桥
这座以中国工农红军命名的精神地标
那些琥珀般底色鲜明的钢铁之躯
那些沉积于此的红色精魂

两军会师，打开西陲
绕不过的渡口，避不及的轰炸
体无完肤的桥身斑斑血迹

羌民衔枚疾走，编竹绳，铺篾板
下山竹穿越崔嵬崖壁
在羌的骨骼上擦出绵长的黑烟
顶戗蓄势的雄狮匍匐待发
炽烈的火种
一次次直击苍穹

破曙的集结号
渡江，北上

军民鱼水石雕群静静矗立

红军手臂指向的远方便是我的家乡
百年积雪在岷山汩汩外溢的凝脂里消融
岷江与杂谷脑河两江携手
岁月作词，红魂作曲
悠悠羌笛伴着粗犷的喉咙
心向北京

听，郭竹铺的石牌坊在诉说
东门口石刻标语在诉说
雁门关的残垣断壁在诉说
博物馆里的八角帽在诉说
马岭山红军阻击战场在诉说
埋葬于红树林的铮铮铁骨在诉说
是她，是他
是史册里那些有名的无名的革命先烈
用血肉筑起的光明

七盘沟

沟壑的菌群失调
无关性别，无关年龄
只是雨季的饮食不规律

局部的枯荣
由一条线缝补
缝补山川，缝补村落
缝补惊恐的梯田

在新一茬麦苗的
注射下，河道的益生菌
为山脉恢复气血，刺猬
背着野百合的种子
自由奔跑

寿溪往事

雨，在雨里奔跑
偶尔被风吹乱了头发
此刻，飞鸿广场已站立成
侧耳聆听的姿势
听悠悠羌笛从远山归来

春意随风走
偶尔亲吻露水
仿佛天地相逢的蝴蝶效应
寿溪急切奔赴
只因岷江一句，春恋最难觅

山峦宿醉，转而拥着黎明清醒
或虚或实
月光倾泻的最大半径
有巍峨的眷恋，晕染
候鸟的皈依

无碍，那些泛着猕猴桃香的云朵
藏不下太多心事
借着喋喋不休的雨点

吐露沁人心脾的芬芳

广场上的灯光柔软如绵
流淌进葱茏的山体
于是，草木在妩媚的海洋
有了深潜的动力

在汶川，寄出羌地美学的诗笺

岷江两岸的炊烟
穿过新石器森林的光斑
从高处落笔
每一次着墨都顺着时间的掌纹
勾勒金色的弧度
或云卷，或云舒

羊皮鼓，是低吟的夜行者
他熟知居住在《刷勒日》图经里的词汇
比如折柳惜别的春雨
比如诗意落在指尖的云
他说，汶川的风
从不涂改月亮的心事

以反哺天空的名义
我是苍老的云朵
时常透过老释比坚毅的眼神
凝望丰腴的古今

当心灵放逐到雁门晴雪
我把自己站成了一座城池

用争渡的星河
为城角的羊角花命名
以粉黛，以纯洁，以浑脱
或是醺醺残醉里的祝酒歌
在飞沙关的绝唱中
隐隐迢迢着茶马古道的神韵

在汶川，每一缕清风
都是一段历史
在峡谷的脉息里拔节
而岁月，锁住了万千次回眸
正如涅槃的生命轨迹
也有萤火虫追逐的纯真记忆

老街絮语

我老了
回忆一个老友
竟然用了半个世纪的光阴
我依稀记得他的姓氏
祖籍川西
背上满是盐道和茶经

我老了
白胡须上的涂料
一层层起了皮
我留不住工匠们赋予我的年轻
禹王宫的老戏台
许是忘记了风花雪月的阕曲
我只能把腮帮上的寂静
放进一杯杯相思饮
那些擦肩而过的云朵
终究是不解风情

我老了
躺椅上的日子轻得像风
吧嗒吧嗒的旱烟袋

哑不出弯弯街
车水马龙的往日精气

我蹒跚着
去邀请城东的禹王菩萨
一起欣赏蝉噪和鸟鸣
老榆树说
菩萨搬家了
他现在住城西

绵虒，绵虒

上关街的栀子花
为故土的今昔抒怀
春末夏至，一种态度
需要永久恒定

满树的白花，姓氏模糊
守着云朵反复碾过的忠孝牌坊

铅华褪尽时，以花作序
织一件思乡的霓裳
在月色流淌的宁远门

姜维城的风

是谁
把一方山水印清洗得彻底
酒醉的马车
撵过相思的年轮

坐在时间的微光里
看流言的火焰
插上蓝色的羽毛
从古城坪的耳朵
飞往九天

是非功过，纸墨不说
只在姜维城的黄土堆
打量远方

虚无的云霭
过滤岷江的水
江堤日渐圆滑的寒石
层层小心

氐羌的山歌慌乱了

将军的茶汤
缕缕霞光从云的指缝溜走
山水的剪影，愈发清晰

通村公路

通山的公路
把丰收的红花别在胸口
带着一座山的微笑

绿色的皮肤
决定了一个石头老寨
将绕着幸福的指数高开高走

从远古走来的羌族语系
反复擦拭红樱桃的额头
樱桃明亮起来
拉着葳蕤的灯火跳舞
舞步呈螺旋式纠缠
只在一曲终结时
才挥挥离别的手

玉轮桥

只在廊桥的瓦楞上停留片刻
便次第，跃向岷江的腹腔
奔走的波涛无暇顾及这些
自由落体的小生命
他还在沿途的江源文明中思辨古今
对，就是今天
玉轮桥扶着两岸的灯火
思眷前一秒与一场春雨
的片刻厮磨

涂山离歌

以天空为镜
我游离在这里
化身须弥圣灯
萦绕着羌的图腾
丝丝絮语
为你点亮龙门的经脉
开山，凿石
引天下之江河扬鞭向海
羌笛空灵
破解四千年的冉駹密语
我轻唤：耶格西[①]！拂晓来临
归去来兮

以大地为界
我守望在这里
匍匐千年的兽
沉积四千年的沃土
升腾起道角灵山的烟雾
磅礴的岷江
肆意拍打着我的腰际
把倔强揉进血管

脊梁擎起
肩为屏，臂为障
导江，分流
我凝视着你
今夕何夕

以河为轴
我盘旋在这里
翱翔上古苍穹的鹰
穿越四千年的轮回
临盆的阵痛撕裂着滂沱大雨
窗外湿斗笠下的声声叹息
驻足，离去
火塘映照着你铿锵的背影
让新生的啼哭为你壮行
此去经年
摊开枯寂和赋予的手心
抚摸着你阡陌纵横的面颊
怛兮憾兮

以九州为根
我眷留在这里
化身一轮静谧的孤月
拨开玉垒浮云
任思念的心脏
撞击你手执耒锸的身影
九鼎山的雪白鬓角

埋藏不了你鸿鹄的羽翼
用岁月的针线
穿引着四千年的路径
晨鼓，暮钟
十三载
酒已化成风
候人兮，猗

注：①耶格西，羌语，原指大禹，后泛指有神力的人神。

断层以及清明的裂伤

那些闪着露珠的眼睛
最流光溢彩的部分
被当作高级的修辞手法反复歌吟

眼是眼，口是口
方言聚集的灵魂
在一个特定节气里
衔泥，熬胶
粘补错落的断层以及
龙门山脉仅存一天的记忆

密集的山脉麻木蜿蜒
思念的种子来来回回撒了一路
我不知道
只浇灌眼泪
那些长着羊角的土地来年会不会
衍生更多的脚印

风干的碑铭斜织了一件
剔透的外衣
为每一束黄色的雏菊清洗梦境

清明的明，是天空
洒在苔藓上的相思雨

灞州渡

万物点燃破解的火焰
敲击，呐喊
族群需要用时间
缝合，重构
羊皮喷涌文明的碎片

那些青玉躺在以龙命名的溪流中
潺潺的梵音
淘涤羊群反复咀嚼的沿途风景

羌的歌吟
落在文字的新绿上
就着一点青雘，揳进历史的榫眼
唯有青铜浮在云端
与悠扬的羌笛对望
千年的千年
终究化为高山流水对饮成诗的背影

汶川，以爱之名

奔跑，从未停歇
缤纷的旋律一浪高过一浪
然后先知先觉地钻进心手相连的瞬间
在海拔 1314 米的众多维度里将音符存续
迷人之处
或在于千回百转的岷之大气
或在于一个山脉扣着一个山脉的呼吸
靠近，再靠近。无忧峡谷舒展双臂
以亲吻回应亲吻，以拥抱回应拥抱
不疾，不徐
当延山漫谷的荞麦花海沉溺其中
一粒以爱之名的种子
缭乱了天空蔚蓝的眼睛

以爱之名
亲吻这片拥有褐色翅膀的土地
褐是坚韧
是持续肥沃和借势东风的笃定
南林北果的原生动力
带着众多的欢喜拔节生长
当绿色的雨、红色的雨、蓝色的雨抚摸坡田

蒙太奇般次第登场的斑斓色彩投向汶川的掌心
这色彩丝丝蔓延
直至较场街的宁静被打破
一场华丽的丰收降临

以爱之名
倾听萨朗谣迎着光的野性释放
那是历经风雨后
兀自盘结的民族根系在浅吟低唱
头顶羊角的花儿
守着羌寨新居
甜蜜蜜地给予冉駹子孙最为春意的期许
那簇簇粉黛，优雅的、闲逸的
饱蘸 5G 阳光的暖意
我试图表白，而羌笛说
听吧，古老的悠扬和崭新的恢宏正如胶似漆

以爱之名
精心萃取独属汶川离子中的唯一
于是，在这个闪着光的浩瀚时代里
我学会了给每一粒种子命名
用禹迹，用羌绣，用鸽子花，用甜樱桃，用大熊猫
用萝卜寨的秋色，用三江源头的烟雨
用勤劳，用善良，用感恩
用那个刻进我骨髓或血液里的声音

樱花里，每一片花瓣都是月亮的背影

花瓣的呐喊
在我的文字里砸出一条沟壑
是谁握着婆娑的光影
说四月消沉
一定不是被群山阻隔思念的移民

从紫坪铺耳朵里游来的传说
已经在上一个世纪
入土为安
且听，树下微语的茶树
越过山丘
反复擦拭无忧谷的晨露里的旧题

这么浩荡的春天
到处是扛着羊皮奔跑的鼓点
千尺浪涌，深谷的风湿
驱逐一帮衰老的雨

潮湿的空气，把五月含在嘴里
就这么湿答答的
改写了一座山的命运

光，已投射成饥饿的样子
咀嚼一湾催生灵魂的浮力
消化的尺度，刚刚好
吞咽一根发芽的时针

岷江的心脏

夜夜无休，诙谐的手带过冬的笑
一蓑烟雨从时空之门探出
见天地，见万物，见众生，见自己
袒露阴晦却又欲盖弥彰
我在岷江的这头遥望岷江的那头
毫末从何起？又枯竭于哪里

借着晨曦的霞光
阅读这漫山的灵瑞
横竖都有几篇不甘落幕的冬色
还在火炉的铜酒壶边徘徊

意识模糊的雪，终究
覆盖了意识模糊的山
直到姜维城呼出的寒气
悬在霜降的平行视野

天空套上羊皮褂子
在朔风和暗冰的协奏下
歌唱脚下皴裂的土地

汶冬短札

寒潮，从寒处来
在桑坪路的上空，划着
优雅的弧线
锅庄广场瑟缩着脖颈
牵手松快的舞曲

太阳，汶川的太阳
是暖色调的代言人
自成机杼地出场
与一个又一个凛冽的山头
分庭抗礼

龙　池

进山沐浴的鸢尾花
忘记摘一片云朵做遮阳伞
待到草场的雀斑
像牛羊散落

碉房磨骨成粉
埋葬族群的诡秘
诵经的嘴巴，安放
岁月的括号
也负责把人迹罕至的土地
涵盖其中

何时抵达五彩斑斓的地球极圈
或许是农耕生活潮落之时
或许是在不耐五更寒的
秋叶冥想以后

生活流的映秀叙事

清晨五点半的包子铺
热气腾腾的，为映秀的粉墙黛瓦
叠加了一层非虚构的雨后暖雾

茗思，晨雾如纱
从山的顶端淌过茶祥子的掌心
将雨后的湿润浸揉进一盏茶棕里
清风回首，美人蕉慵懒成了一条鱼

绕过指尖的温润，轻抿
从唇到喉，氤氲开层层丹青
躺在五彩经幡中低吟的思绪
眺望着距离天堂最近的方圆十里
没有疮痍，没有泣泪
唯有从容的涅槃，唯有倔强地生长

岷江洞悉了小镇的静谧
只悠悠地掠过，带着万物的赋予
而天和地的种子一定撒进了断裂带里
是归期，也是宿命

寒水驿

剃头挑子的一声吆喝，惊扰了
砚台石上的四书五经
一个，十个，百个，千个
碎片散，逃逸，择道而行
泮池下的青莲拉着早起的鸦鹊拱手作揖

所有过往，搭乘了这一季最大密度的风
那些平仄平仄平平仄
纵然能扣醒打杵棍上奔波的碎银
也无法唤醒宿醉的老县令

上关街被沧桑塞满，无暇顾及
驻马店通往县衙门的石径，是否都
一一框定于线装史志里
我从暮霭下的马帮开始读起
依旧是拼凑分离的碎片
在墨香四溢的万仞墙上拓印清平乐的韵律

清风，拿捏着恰适的力度
拂向古道的丛林法则，三省吾身的宣纸
幽幽儒化着商贾善于权衡的眼睛

文星阁的烛火，还在啃噬《论语》充饥
有那么一瞬间，即将登科的星星和我并肩站立
烛火转身，绵虒[1]老街释放着枯黄
谈吐着新绿

注：①绵虒，曾是松茂古道上的重要驿站，古称“寒水驿”。

族　谱

比如此刻的相视无语
我能听见祖先的脚步临近
举人和秀才在辩舌

祠堂里的铜烛台
拉着我奔向康熙戊子年
青石板
一片一片捡拾
家族抖落的翎羽
认领了十九代后裔
就认领了
落魄酒杯里的力不能及

三分困倦
答不出五分质疑

城南的温凉泉水
涤荡着一脉族姓
一列生卒
一列宿命
面对面时
风中响起长长的寄语

写给年轻的草坡

草坡河宽厚的肩膀
依偎着夏日的蝉鸣
雨和雾负责编制朦胧
顺带编制农耕错落的合体

沙排沟，最是古灵精怪
把豆蔻之心藏进粼粼波光
借助虚实难辨的山峰倒影
思索着可以撷取的色彩
藏在哪一季

若干年以后，草坡佝偻的背影
依旧深藏
所有微笑都在岁月推着走的惯性里
缓慢，迟疑

无碍，趁着天晴打一个响指
我依然会记得拨开层层山影
从翡翠深处打捞
封存于此的青涩音符

速写杨柳湾

清风不经意的表白
把杨柳的头发濡染成
深情的撇捺

柳身妖娆，但不滥情
黄沙和江水
都是前世今生的见证

有一种蓝叫阿尔蓝

冬的谜底
介于冰蓝和黛蓝之间
燕子衔了一抹
放在我的手心
一起明媚起来的
还有阳光和一泽湖泊的喁喁私语

刚出浴的龙池，披着冰纱
影子都是幽香的
幽香的蓝
爬上积雪铺好的松软

G 弦上的咏叹调
将湖水和世界隔离
月亮和群山
齐声呼唤，方才苏醒

一同躺在雪地里的太阳
带着 432 赫兹的安逸
陷进鸢尾的温柔里

羌人谷

羌人谷不知道，囚禁于
水滴漏里的三千年
溜去了哪里

斑驳的石头墙
不回应，荒芜的晒坝
不回应，休眠的石磨
不回应，氐羌的法器
不回应，皂荚树弯曲的脊背
不回应，随着羊群迁徙的篝火
不回应

梯田的断面，站立着
先祖陈酿的余温
或许，还有比春焰
更为持久的光明

洪荒的等待

一半是白
一半是白的投影
一脚迈进去，就完整地陷入了
秒针与分针
在蓝白山涧里的逆飞行

一个细胞一个细胞地打开
一个细胞一个细胞地舒展
停靠呼吸
在冰和山的斗转星移中
衡量一段痴迷的光阴

奔走的阿尔沟明白
垂下的红柳明白
趴在百家夺打盹的晚霞明白
踮脚，翘首
都是等待者的姿态

冰雪消融后
山脉灼烧的最后一滴眼泪

从裸石的腮帮滑落
与天空为伴的
只剩盘旋在长空的嘶鸣

山风猎猎

我大概是捕捉到了
迎着山风吹来的方向
那些怦怦心跳的声音

心跳，是先辈们播种于 20 世纪的青春
此刻，正不遗余力地延续当下的遒劲

于是，这片土地厚实起来
母体源源不绝地孕育无限生灵
哼出绵长的乡音
从岷江的耳畔拂过
悠悠拍打两岸葳蕤的灯火
而我的脚步，如此安于故乡
安于这片血脉相连的土地

仰望岷江的脊梁，百转千回
织构一村，一寨，一场紫薇薇的秋景

高山与原野和鸣
无忧岸边听风等雨的月亮

是最忠实的伴侣
同频共振时
便有些许光影照亮玄青

汶水颂词，以及奔腾的意象与抒情

从古羌人的咂酒杆
凿开岷江峡谷的肋骨起
两江汇流的宏大叙事
磨淬出五千年的文明
只一个回旋，所有萎靡的、颓废的
便消失殆尽

太阳爬上堡子关的肩头
用一页发黄的曲谱，拨动
苍穹的歌喉
猴头帽下的权杖领唱
身后是万千骏马
以蜿蜒的口音
辨识血脉的细枝末节

水，有水的精神执念
断流卡在休止符前
等待岷之乐章的滔天音浪
牵引奔腾的心跳
萨朗谣，小河曲
沉浮的岷山导江

东别为沱
装满了芜杂的思绪
震动的水波，淙淙拍打
岁月的肌理

山水印

撩开龙池的纱幔
云霭与山峰并肩站立

东有微光，铺陈在
禹祖开辟的小径

抛下一枚春分的种子
从草甸圆润坦缓的腹部
一直游离，随光影
次第蔓延舒展
绘就一座山渐变的绿

圣湖中，撑着
一空碧云的鸢尾草
起落浮沉

羌笛缭绕，棹歌悠扬
遐思，攀着青藤的触须
扶摇入天际

待嫁的樱桃

最先拉动六月磨盘的
是村庄的手
一圈又一圈地旋转
隐现夏初的段落

放眼群山
樱桃把羌寨的引力
一针针绣进了红裙裾

羞涩的沟壑用汩汩果香
凿开岷江河谷壮硕的肌肉
暖风亲肤
隐匿的话语收起翅膀
如同归巢的倦鸟不愿离去

透过羊群欢乐的唇齿音
品咂一丘梯田丰收的歌吟
种樱桃的人
以小满的露珠为樱桃梳妆
背篼是花轿
迎娶阳光爱抚的红脸颊

云朵送亲，羌笛描喜
大山准备的嫁妆
有绝对的蓝，新生的绿
以及五彩斑斓的羌韵
红盖头下的曲调
拖着羊角花多声部的尾音

十道山梁，十个回头线
此去，多少幸福的乐章
随山影延绵悠长
又有多少静待花期的深情
压缩在群山的褶皱里

羌格尾音

羌山晓月

时间作为标本，禁锢在
我与羊图腾的对饮中
火塘捧出素描的炭笔

入画的脚步轻盈
先是勾勒山水轮廓
点缀一树羌红灿灿的蝉鸣
偶尔着以重彩
让更多的黄昏住进石头的肌理

闭眼聆听
排列了一百个村寨的音阶
在迁徙的路线图中
茹古涵今

羊，大抵是水草丰沛时
随羌，踽踽而行
不是风传递，也并非云的呓语
是金丝猴和日月星辰
都难以丈量的人性

我与冉駹先祖对饮
万不敢喋怪放牧的天空
将文字困顿在中原腹地

酒过三巡后
醉意朦胧的村寨
将我捆束成一捧羊角花
轻飘飘地，献予他的子民

总有几颗星星
照亮和我同行的蚂蚁
它们绕着我走
尽量不踩着我的未来和过去

听，是羌寨潜入春天的声音

是的，这温柔的照度
催促着石头寨拧干了
最后一滴萎靡
所有青绿的歌吟
从山的罅隙中流淌出来

峡谷的和风，裁剪着羌笛无限循环的尾音
有云朵路过
悄无声息地轻抚母亲河的脸颊
漫长的寂静后
晨晖的波纹开始泛着母语

牧羊的春天，来来往往
从翻开的史诗里走出来，目之所及
那些熨帖地面潜行的生灵
正努力拼凑一个族群生存的痕迹

骨针缝合的记忆
需要更多的片石和骨骼来堆积
于是，在褴褛的过往里
月光用石斧切割往昔

再一寸一寸，装进时间的胸腔
待到鸟鸣如笛
戴着青铜面具的祭司
把太阳神鸟放逐到岷江的下游
从峻岭到平川
叠加万物象形的根基

羌地拓本

春风扛不动行走的新石器
从人脸鱼纹的收笔开始，溯洄

一片沉睡的彩陶
足以撑起一个世纪的缩影

羊图腾的每一个骨节
都把四季磨砺得咯咯作响
树叶的信仰也是羊的信仰
关乎漂泊的自由，或者
命运的归宿

羊群远去，原野泣血哀鸣
成骨，成灰
横卧在千万年后的目光中
失去原生形状的羊
也失去了奔跑的速度
潮汐紧拽它笨拙的心脏
直到胎记剥离

冉駹之地持续采撷生命之水

水声陷落，跌进
艽野深不可测的镜像
迁徙的众生像苍耳的种子
孕育，繁衍
生生不息的黄土地

有一段记忆关于“羌峰”

执念和我同时启程
提着半打落了灰的记忆

小径的指尖滴答着昨夜的雨
此刻，雨水是村落的清洗剂
清洗炊烟，清洗草木
清洗每一个铜锁上的斑斑锈迹

我猫着腰向锁孔内窥伺
不确定，能否辨得清尘封的烟火
仿佛历历可见
又仿佛一切都不可见

那些未经雕琢的豆花汁水
那些装着羊羔体温的火塘
那些熟睡的彩色年画
那些享受烟熏的石头墙壁

终究是远去了
羌音萦绕的这一方天地

终究是远去了
藏在簇头沟身后的那一空星星
远去了，姑老爷抖着白胡须的丝丝醉意

五月浮雕

愿意等待吗？樱桃树下的日暮晨昏
伴着涓涓细流的季节
和云朵一起停下脚步
进入甜蜜幸福的无我境界

稍加一点诗意
便会随丰收的五月灿烂盛开
该有多幸福，两鬓依旧留有桃粉
连岁月的蓝都难以侵袭

眼下，化身唇齿留香的春雨
把盈盈笑意全都揉进岁月剪影里

模糊与清醒

一张徒有虚名的季节空皮
包裹群山
是雾气欲说还休的呻吟
还是天空涣散的游离

阳光
快要原谅藏在梅雨里的蛀虫了
石头碉房的视线比任何时候都要舒展
醉酒的神曲并非驱除恶念的秘方
心病还须心药医

羞耻心化成水
披在峡谷的身上
是的，干柴烈火也需要保护色
拐个弯，就能从迷失的绝境里
挣脱自己

飞鱼，羌

先祖的眼泪
在历史的天空犁出
一道道伤疤

迁徙，不是赞歌
是风的种子渴望返青的
大口呼吸
是追随太阳与河流的生命轨迹

当夜晚把所有祈愿熬成果实
抛向天空，羊皮鼓便成了
只说母语的月亮

我抬头，将那些羊膻十足的口音
意会成广义的文字
或许，断了胳膊的春风
比识图的金丝猴
进化得快一些

自卑的羊角，是春水逃逸前
遗落的底牌

太多的文明，把古羌的因数一一分解
低矮的哀号通常在深夜
更远的天空游来
成为单细胞的草履虫
当原生形态化为灰烬
群山里的无名者都挺直了腰

无忧暮调

其实，无忧的笔画里
容得下
那些凌乱又乖巧的风

日月推杯换盏
燕子的尾巴裁出矩形的春天
借势针脚细密的雨
将岷江的脚本装订成册

剥开云朵的鳞片
藏在春水里的诗句，由不得
拾光者予取予求
需从寒水驿的青春开始
诵一曲古道吟

风的追随者
清凌凌，明澈澈
裹挟青涩的草木
昂起无畏的头

母语的脉息

时间，先于我的眼睛
记录下沿途熠熠闪光的词牌名
而在时间里游走的情感却越发滚烫

该如何辨析，峡谷深处
所有耳目昭彰的隐姓埋名

该如何唤醒，昨天的昨天
我那被山羊吞噬殆尽的母语

该如何武装，自下而上
石头寨日渐蜕变的本体

一页符号，呼啸着
朝耳后奔去，就在刚才
我扑拉拉起身，去追逐一卷
依稀可见的象形根基

黄泥层层叠加，再叠加
隐藏了图腾、水鸟、竹简
乃至万物的痕迹

我原本想要开成一朵百合
用香泽融化古道上
冰冻的马铃
三百个轮回的绽放，终究是
饱含沧桑的无瑕和晶莹

族　群

我用族群折射在火塘的隐喻
夯实岁月奔流的肌理
多重结构的、味觉的色彩
下意识地互通有无
比如咂酒，比如洋芋糍粑
比如腊肉，比如鹿耳韭

白石的占卜
惯于思辨古今，惯于结伴而行
那些逝去的文字拉着我奔向远古
一片一片捡拾，神鸟抖落的翎羽
直到祖先的目光与今天对立
我看到自己投射的心理镜像
钟鼓四起

我想，我和祖先是相互寻觅的
更多时候，我们以文明淘涤文明
或者一起探讨
未来和过去是否还有交织，是否还很紧密

羊的颈椎

一进入十月
篝火就在众人的围观中临盆
火苗是锅庄婴儿的眼

在羌寨，少有种子
跌落寸草不生的镜子

老释比的经文
会折叠成比樱桃核还小的罪与赎
夹在岷江的扉页

举起右手的浪花
把誓言刻在记忆的堤坝上

而森林的裂缝
不知用松香能否粘连
岁月拿出天秤
意不在记录泅渡的午夜

石头寨的斤两，由
一棵千年女贞的砝码托举

拨开云朵，星星就是羌的隐喻

风，依旧保持谦逊
爬上云端
用澄澈的天空淘涤岁月的光斑

大抵是从春耕开始
通村的路径就蜿蜒成了绣线
针脚细密的梯田，把母语浩渺的烟火
和踩着鸿鹄的星星
串联在一起

点亮一颗星
需要绕过十八个回头线
穿过山，穿过水，穿过炊烟
涓涓流淌的季节
来回穿梭于岷江的胸膛
不遗余力地，把羊角图腾的密码
折射进一轮星空的惯性
所有旁征博引，相互借光，洇染
雕琢这方水土最有灵性的诗句

在汶川，幸福的源代码隐藏在

岷山的喜雨里
只匆匆一眼就灼灼盛开
两鬓尽染桃粉
连岁月的蓝都难以侵袭

当篝火回应山谷的歌吟
族群已化身咂酒坛底的北斗七星
火光映照的醇香
是源于故土而又高于故土的乡音
等到骨血里的大树枝叶繁茂
星星与天空
便没了距离

阳光照进河流的念想

消磨，断裂，重塑
拓扑空间里的光，以光的权威
允许河流加入他的同构
于是，村庄安睡后
大山带着夜莺的歌声潜入峡谷
去寻找岷江源头浮沉的归隐

江水轻抚龙门山脉的腰际
唯有羌笛能够点燃群山褶皱里的火种
以河为轴心
两岸众生舒展阡陌纵横的翅膀
盘旋在四千年的轮回里

一段古老的旋律
一遍遍用时光更迭的认知
擦拭镜像中的自己
直到曲式变得细腻
南转东流的波纹
回旋着无限循环的尾音

你看，阳光有了，只需要等风

斑驳的光影便可以灵动起来

赶在立秋前
悠悠古风从阳光的北面
呼哧着抵达羊的领地
龟背上的文字被一一吹散
索性，口耳相传的诵词
还在古老文明的速写中渴求甘饴

羊角云

被风抓走的情话
一路抖落浪漫
而讲情话的云躲进天空的袍子
不露半分破绽

也罢
在脉息微凉的光阴里
没有谁会在意
用第一人称讲故事的
是峡谷的云
还是长了羊角的替身

或许，当情丝死去
没了血色的语音
能拽出一季
藏在云端深处的思想片段

正月初一的遐想以及时间的浓缩

甲辰龙年的这场雪，以守
以盼，盘绕了数十里
双手合十间，门上的福，窗上的花
火炉里的暖度纷至沓来
数九寒天的任性，一寸又一寸
被沿途的深度烟火柔化

古道上有天空的脚印
倾吐着老迈与道法自然
而我的脚印，捧着团聚的日子
一步三回头

阳光急吼吼地上山
掌心噙满眷念
我期待他走得慢一点
万物便能在雪域里多明媚一些

时间张开双手
将农忙之外的梯田揽入怀里
我和麻雀，守着一粒玉米
在新一轮春耕里打捞岁月浓缩的诗意

大山里的鸟

树的汁液，供养
山中的鸟
鸟鸣翠绿清亮

山里人如鸟
惯于早起
踩着太阳的脊背交出彼此

汗水成了动词
无限接近生命的节拍
粗犷，也怀柔

反向思维

回到森林
你就是女娲，就是伏羲
就是治水不归家的大禹

你心怀众生
却很难知晓
一条逆行的河流因何愤怒
一颗枯萎的星星因何陨灭

心存彩虹

或许
从石头飘向天空那一刻开始
枯槁的月光就没了呼吸

长了翅膀的蝗虫
最会啃噬无休止的欲望

只有住进彩虹的孩子
捧着一碗玉米粥
喝出了缤纷的味道

秋天的等待

一过秋分，爷爷
就成了玉米地里的守备军
直径五十米的丰收圈
是他视线游移的最大疆域

淅沥的雨
从立秋到白露
绵柔的力道
足以把守望者的眉头
揉拧成另一块玉米地

草帽蹲下来
吧嗒吧嗒
旱烟把蓝色火焰丢到水凼里
蚂蚁扛着家当，爬山一样
越过苍老的脚背
匆匆奔向下一个栖息地

无心偷粮的斑鸠
站在田埂上等雨停

它和爷爷寤寐思服的一样
天一放晴
就各寻各的糊口秘籍

山外还是山

山里的人，开门就见山
布瓦山的对面是羊龙山
羊龙山的隔壁站着云顶山

山里的人喜欢扯着嗓门喊
生怕音量小了邻山的万物生灵听不见

山里的人杀一头猪
请了大半个寨子的兄弟
喝酒用坛，吃肉徒手
从不把你的我的分得太清

山里的人，用脊背播撒坡田的光景
今年种下一地星星
明年就把晚霞割进背篼里

飘雪的季节
无论钻进哪一座石头房子
迎来的都是阳光般的笑意

玉麦地的喜愿

唢呐走过去，锣鼓走过去
乌泱泱的人群走过去
地是呆板的旱地
却浸着眼泪的潮湿

这个热死蛙鸣的伏天
玉麦叶割伤了花轿的心
大马上驮着的羌红
却毫不知情

就在眼前
喜雨被红色的穹顶一点点蚕食
溪流无法做到心如止水
只在红盖头下静静流淌
落日举着花夜
确定又迷离

把色彩留在这一季

关上山色
眼前的彩从四隅跳脱出来

母亲把荞麦壳塞入我的梦境
与一湾松软做伴
偶尔能读懂沙沙的温声细语
多瞌睡的麦香
多漫长的夜径

别说话
天亮得悄无声息
我从黎明的沙漏里
打捞一部醍醐的禅偈
没有注解，也就无法诠释我的沉睡和苏醒
我把山峰和陈年的积雪
都泡进了茶里

山，又何来狭小一说
不过是我眺望的心境
被那些巍峨的疆界

严丝合缝地捆绑了而已
跳脱，即是无边的嫣红和光明
秋的色彩里，安放着一树清净

无法言说的秘密

何时才能在侧芽中
描进暮秋的凉薄

和春天私会后
怀孕的风
托着万吨重的身体
沉入岷江

直到生下麦香的村子
才和盘托出隐藏在浪花里的地下恋情

诗意，落脚草籽的青春
一湾星辰
探头探脑地追随一曲《欢乐颂》
在月色沉睡的石头墙边
偷听草木拔节的盈盈低语

一只双耳罐的二次生命

三千年的路需要走多久
时间一头扎进泥土默算
冬天的白和春天的绿
是晷度变化的法则
厚重的陶土双手合十
抚平七翘八拱的野心

干涸的羊奶和牧羊姑娘的芬芳
盘桓数千年或者
更久远
褪败的釉色
是一只双耳罐最后的任性
即使是残缺
也好过泛着劣质腥土味的鲜亮仿制品

山

巍峨峻峭的，山
拉扯我裙摆的，山
眼底常含泪水的，山
伟岸如父亲的，山
该随你奔向何处？山

望　乡

村庄的骨血
由水由山由炊烟组成
倒挂在岁月的天空下
涨红了脸颊也不说话

说来可笑，就连候鸟也不再菲薄那一方水土
仰望，粲然可见无穷尽的阳光
即使是落幕
也能精准地钻进游子的思念
层层叠叠地把余晖堆积

偶尔有雨
体态还算婀娜
就像此刻我的灵魂脱离我的躯体
随着电梯继续上升
奔向那个能眺望故乡的高度

思念穿过锁孔
在空荡荡的巢穴里摇着手
故乡的风在我的脚下狂吠

榆木不是疙瘩

一个炎热的臆想让我发现
放空眼睛只需一段
无限慵懒的蝉鸣
我受限于思想迥异的夏天
而巷子尽头
却在有声有色地绽放着四季

戴上钟表工匠的寸镜
或许能安静地捕捉一棵
老榆树婆娑的光影
满怀的翠绿
扯着皱巴巴的母体牙牙学语

一次托举
生成一个褶皱的朽迹

榆树的听力，衰竭了几米
耄耋之年的耳朵
甚至分辨不清
会跳华尔兹的风
来自巷东还是巷西

可我细想
老榆木怎么会是疙瘩呢
有谁在意它心无旁骛的滋养
还有不为妄念束缚的淡泊与清净

初 夏

初夏的浪漫
伸出饱和度最高的手
弹奏红色浆果的第五乐章

风，负责调度
飙高音时扯着害羞的衣角

每一滴岷江水
都是泪流满面的听众

我见过，对着月亮磕头的青蛙
靠一塘旧荷叶纳凉
蛙鸣拧成无数个心结
在寂静的山林中
播撒聒噪

我忍不住拿出时间这根擀面杖
擀平身体里凹凸不平的浪潮

躺在屋后的麦秆里

那时候，谁都不晓得
一只蚂蚱的欢愉
该不该从春分的起舞开始算起
幼年的懵懂时常冒充快乐
连带着拇指在外的袜子
半酸半涩

小小的心总被装满
忍不住撕一片夜色遮住

怕黑的蝙蝠从童年逃离
如今，只剩下孤独的音乐
在耳朵里循环尾音

漫长的夜

山谷举着空杯呐喊
灯火熄灭
才传来孤独的回声
夜，依旧
那么漫长

我、山谷和月光
一起酗酒一起抽烟
一起共情失眠的焦虑
一起缅怀青春的诗意
然后，山谷沉沉睡去
我和月光对饮到天明

母与女

女儿说，古城墙的豁口
撩开的都是狭小的光明
大山隔壁，还是大山

母亲说，三百六十座山
擎起了三百六十度的天空
褶皱里的人情狭小
却串联着散落的民居

女儿说，在城市里探寻
扎根的罅隙，才是青春的全部意义

母亲说，即使天空
拆了悬梯的三分之一
山，也从未放弃
向云端攀爬的勇气

女儿说，纵然绵密的雨
淋湿了乡音
流浪的萱草，仍旧
享受大浪淘沙的快意

母亲说，尽管乡音流浪
脾性流浪，姓氏流浪
当枯瘦的飞翔爬满青苔
落脚时，根还在原地

时间薄影

闲说凛冬

挨过十二月的苍蝇
冷不丁让世界打了个喷嚏
但凡越冬，常有消泯
晨曦的往生咒
超度不了一只黄昏破碎的花瓶

时间停下脚步
找了个无人的开阔地
坐下来，耳朵里的啁啾
执拗地萦绕腐木
垂钓远古的叶鸣

雾凇依恋黄土
每一次坠落
都是奔赴爱情的样子

我单身多年的汉字
受了莫大的鼓舞
在明亮亮的石青和丹砂里
成段，成章
一路追逐
一路畅想

一页纸白装不下夜的黑

乌漆漆的幕帐
倾倒在一页纸的怀抱
碳棒把烟圈吐进渊漠的鸿洞
这漫无边际的黑
铺陈于一纸绢丝裙摆的边缘

翻着白肚的沙丘地
迫不及待地拥抱暗影
夜晚，艰难地秉持它的黑
远近虚空

白丢了白的圣洁
黑丢了黑的纯粹
碳棒深陷混沌
运笔的手，感应失灵

别了枝头的枯叶

被季节判了死刑的我
躺在根的边缘

狗儿冲我撒尿
我无力躲闪
浑浊的双眼
与树上那些年轻骄傲的目光对视

数月前
那些骄傲的年轻的绿叶
是我

骑着蜗牛转场

风来过，牵着茵茵露珠
从叶面滑向花蕊
花瓣踮起脚，把时间
夹在院坝的晾衣绳上
绳随风舞，夏天步步为营

小城转角的记忆
原本站立着那个墨守成规的邮筒
我努力回忆它昨天的外套
香草绿　森林绿　孔雀绿
一定是绿，而不是黄
不是铁锈黄

其实，回忆起来又能如何
横竖都是荒废
一些信件，一些邮票，一些邮戳
一些来往缓慢的情谊

离别诗

围城的夹缝
把生活的表情压扁
喜怒哀乐皆显狰狞

所有以爱为名的故事
白成了一张纸
迷路的烟火是荒芜的助词

这首离别诗
越想写得九曲回肠
越是以冷兵器草草收场

我困在这片旷野
云朵的阴影
始终大于我的阴影
没有上升，没有下坠
我不过是一块哑石的半成品

没有结果的期待

火的下一秒是灰烬
壶统治了水
任凭沸腾的茶水，如何逃离

夜幕下六神无主的猫头鹰
递交了最后一行忧伤
不是为了照亮寒号鸟跌落枝头的秘密
而是夜行的眼睛
已无法捕捉逆行的风
与玻璃窗的陈年秘密

一个谎言的杀伤力
不敌黑暗袭来时的恐惧
垂直于命运的小旗
站在一座山头
悼念另一座山头

流放自己

一张单程票
足够放大漂泊的范围
一个伪素颜的情感命题
足够看清出题人的用意

阳光躲进塑料袋
抱着蚂蚁腿的犀牛比大象更为胆怯
那些豆粒大的咒语
不知何时住进了身体

风雨来袭
与其兵荒马乱地逃亡
不如选择这片瘠薄的土地
流放自己

我珍视的
或许只是羊群反复咀嚼的野草
抑或是乌鸦持守的安贫
于入侵者而言
并无垂涎的意义

在遥望一棵扶桑树的光晷里
等待着经文落定
时光注定是慢的
放牧的皮鞭悬在半空
没有人在意放逐的体面
归属于哪一块土地

数星星到天明

我把烟头抛向午夜的星空
点燃一湾蜃楼
爆裂声住进耳朵
夜，被失眠的警笛越拉越长

寄居的眼睛

从一朵云的好脾气里
提溜出一个专属群山的夏天

从一根羌的肋骨里
历练出一座钙质深厚的石头碉房

从两座山的脚后跟
破译出一条高速蜿蜒的密码

我的眼睛寄居在此四十年
并非偶然
就像雨水跃入江河
阳光扎根麦田

这些年，眼睛时常被传唤
有时会欣然认可被云环抱的蓝
有时会禁步在无边的旧念
无法释然

遗落的词汇

曾经一遍遍牙牙练习的词语
如今被回忆代替
外公、外婆、爷爷、爸爸、舅舅
深藏大地后
与我再无交集

我和你

暴雨透过窗户
清洗昨晚的恶语

一张乐天派的网
撒向同一空间的我和你
我的身体还僵在寒冰下
而你，早已烟火泛滥

暮色夹杂混沌的存在
我掉进死穴
只用诗行度我自己

童年的余味

没有深潜，没有凌空
躲在酢浆草的心形童话
被冠以舌根的记忆
仅此而已

关于幼时的检索
向来删繁就简
词根总站在遗忘的对面
用空白垒起沉默

倘若如此
所有以字为马的流光瞬息
都将在不得相见中游离

其实，相较踏歌而行的诗笺
不可复制的
是犬吠，是蝉鸣
是自行车丁零零的伴唱
是榆木门的吱嘎曲调
是星空下蛐蛐的协奏
是花格窗帘搀扶轻风的韵律

故事小馆打了烊
讲述者手持烟火的温度
用省略号结束话语

小叶紫檀

原本是孤独，两手空空而来
一颗与另一颗偶遇
集结成断念的沃野

如果说，手腕的戳记
是种下 108 颗檀香轮回的因
那么，一棵树的再生
便是一片森林逆转时间的果

盘一串木珠
就是盘一棵树的道德信条

在指尖，在心里
断掉对蓝天的痴妄
舍掉对大地的眷念
用宁静的诵词蒸发鹿角的哀鸣

藏进田野的口琴

立秋后
口琴藏进麦秆，琴声潮润
蟋蟀在音符间跳进跳出
像个初来乍到的陌生人

一点点延伸
跟随准点出工的太阳

以配角的哑水灌溉一亩荒地

青蛙还在池塘潜泳
优美的泳姿为丑陋的外表
扳回一分

我所理解的幸福

赤脚行走
脚下的田埂把长镜头拉远

豆荚、辣椒、南瓜花
总被花白的头发覆盖
苍老的手掌懂得如何关怀

我时常命令南瓜花
把脖子伸到墙外
去偷听隔壁吴奶奶孤独的自言自语

也时常趴在田野的肚皮上
用肥嘟嘟的小手捂住泥土的耳朵
生怕它贪恋浮夸的蝉鸣

母亲直起腰，擦掉迎风泪
笑着数落我们，都没个正形

封　印

我的童年
被一块嚼白的泡泡糖封印

我试着分析
那些蓝色胶质的属性
为何会在以梦为马的日子
长成了枯草

泡泡成了吞噬时间的恶魔
时常伸出寡味的触角
一点点拆解快乐的偏旁部首

雾　境

沙发上长出了蒲公英
小小的伞朵追着生活的片段
闯进迟暮的背影

我有腰疾
快要拾不起这一地的鸡毛
索性轻飘飘地转身
去拉近与一句朦胧诗的距离

醉无忧里宿醉的次数越多
虚胖的人生就越发混沌
夜归的猫和早起的猫
都不是薛定谔的猫
我很确定，猫也很确定
我们不过是在半梦半醒间
举着生活的针尖
一颗颗刺破理想的暗疮
仅此而已

暮色浮力

在这之前，我不确定
是否要以一段生锈的传说为蓝本
去挖掘一段陈旧的底气

那些不谙世事的牙齿
正一点点拆解夕阳下婆娑的诗句
光阴逆流而上
把我的精神版图无限放大
磨损的暮色历久弥新
而体内的原住民还在踌躇
该在哪一个章节修补豁口的交情

或许，需要走更多的路
才会发现，腐朽的根须
多数没有抓力

然后呢?

那么，在我沉默时
请叫醒我的眼睛
它困顿在虚拟的世界里
灼热，充血，逃避

至于我的纯真，请一并叫醒
太多迂回的战术打磨血腥的成长
层层过滤
小心，再小心

假如有阳光，请大声
叫醒我的信仰
它受生活的悖论左右
忘却了莽荒洒脱的原生
它深谙规则的力量
却变得越发沉寂

其次，请叫醒我的爱情
那些受了伤的细胞核
躲进闭关的白发
迟迟不肯开启新的旅行

注销爱情

注销爱情
注销掉那些有名有姓的青春户籍
和带着体温的三维呼吸

注销爱情
注销掉笔记本里的怦然心动
和轮廓分明的触觉记忆

注销爱情
注销掉一尾风筝的乖巧附议
岁月的光，曝在秋天的梧桐上
曾经的怦然心动已从静默的麦芒中
丝丝抽离

注销爱情
待鹤唳消散
这支下下签不得不默认
兰因絮果的宿命

借　条

这两万多天
签下一张张借条
借爱情，还以孤独
借名节，还以悼词
借金钱，还以黄土
借文字，还以落尘的书

沉默的另一半

电路板的侧面
是落了尘的眼睛

蝉有蝉的禅意
不会因为懒惰的鸣叫而输掉
一场忠贞的爱情

就像穿山甲在泥土里刨掘理想
回旋的半圈
也算不善言辞的余地

面　具

耳机里的音乐
依然不应景

太阳戴上面具，便成了黑夜
这无边的黑
习惯性地把眼泪
揉碎了藏进裤兜
直到四十岁才发现
面具早已长进灵魂里

借助一点微光
用虚伪驱逐黑暗
彼时，自己也燃尽了活力
一摊零摄氏度的体温
凝固在生命的烛台
却依旧守着一些褪色的风
躬耕人心

放飞的时间

另一尾风筝
追着木讷的云朵一路攀升

转速传感失灵
父亲的自行车空转个不停

我坐在后座
揣摩着黄昏临近的双关语

手腕上彩绘的秒针
慢慢褪色
原来，周围的一切都已褪色

时间本就不打算折返
灰色而透明的天空
悄悄把白发与泥土相连

光着脚奔跑

我想要一间毛坯房
在荒野
没有物欲精装
墙面素净，如孩童的脸

我可以随意
张贴大尺度的海报
让摇滚的音量震慑到对面的山冈
酒过三巡后，递给落日一支香烟
和他一起吞吐好看的烟圈
直到金色的自由
铺满没有条框的窗

脱掉束缚
光着脚去搜罗黑蘑菇、鸢尾花和龙葵果
用布袋储藏一季的芬芳

恶风来袭时
勇敢搭弓
让那些沾了鸟粪的虚词
无处可逃

风　口

老宅的石磨
装着一个风口
奶奶总站在那里
手握全家的生计

没有哀怨
磨盘从奶奶额头
拓印出岁月的沟槽
再一圈圈碾平鬓角的风霜

站在风口
奶奶一寸一寸矮下去
即使有磨杆支撑
奶奶低矮的身体
也只够触摸最低矮的人生
风那么重
把她的名字压进磨心
磨成粉末随风飘零

手心的麦子

三岁那年
一粒麦子住进手心
掌纹凿开指缝偷光
一个白天连着一个黑夜
指尖的年轮添加一圈
麦苗就拔节一点

再后来，手离开故土
抽穗的麦苗生长出别的口音
托着细碎的思念
骨子里暗生出梅雨季
欲望磨成了潮谷粉
一点点填充蝇营狗苟的粮仓

在异乡
在那些泾渭分明的夜晚
手心抓不牢麦子了
麦子总在一个个污点里挣扎沉溺

守在窗边的稻草人

精确到毫米，我侧身
能否躲开窗外飘浮的霾晶

我一度想删除关于雨季的定义
可放飞的风筝总禁锢在骤雨的冥想中
湿答答地喘息

山雀和燕子
在我的眺望中偶遇
眼前的玻璃
切断了我和鸟儿们的共鸣
现在，它们是真的怕我了

时间弓着腰
在回甘的酒里
落下虚空的帷幕

青春打着盹，错失太多良机
却阴差阳错
学会了摊开掌心

稻草的信念清晰
原地不一定只能踏步
可以旋转，可以舞蹈
可以拧干悖论的水渍
可以修炼包容万物的菩提心

90后奶奶

一把蒲扇从漏风的扇叶里
挤出一丝苦笑
在与阿尔茨海默病邂逅的
又一个黄昏

黄昏，是孤独的缔造者
用万家灯火
努力捏造一些团圆的假象

奶奶记得用蒲扇消暑
记得给父亲磨一锅豆花
唯独不记得眼下已是寒冬
父亲早已入了土

人生的后视镜

并没有什么特别之处
生活的莫比乌斯环
每一天都在秩序里循环往复

终有一天，荷尔蒙稀缺的叶子
会成为干枯的标本
被夹在一页页告老还乡的稿纸里
充当荒芜的助词

没有一个夜晚愿意握手天明
大地说，它已满溢
装不下太多无效的证明

我从人生的后视镜
窥见行将就木的麻雀
还在无数个杯盏破碎的高频音波里
吞咽续命的胶囊

情歌灼心

爱情燃烧
把青春的心口烫一个大窟窿
任风来去自由

被灼伤的次数多了
心口也就不喊痛了
只是虔诚地交出了睡眠
食欲和冰湿的枕巾

被眼泪撕碎的夜
反复拼构一场开到荼蘼的游戏
受伤的人，在游戏里
通常是靶心

地下室的月亮

掀翻桌子
便没了皎白的心

包裹生活之火的纸
被毒辣的烟火反噬

一次诅咒
砸出一个凹面
我从吞月的深海
一遍遍打捞自己
月光困在残缺的身体里

高压的尘埃
从地下室升腾到地平面
再悄无声息地沉下去

父亲的工作室

一把无声的锁
把父亲的日常封锁起来
他的办公桌、修理台
他的螺丝刀、万用表
他剃须刀里残留的体温
连同烟灰缸里挤挤挨挨的廉价烟头
都有了一个新名字
叫遗物

沉默如石

在这陌生的天空下
我要守护什么
是春耕后颗粒无收的爱情
还是 50 度烧酒里打捞出来的颓靡

我想我是特别想念了
那个落满麦穗和乡愁的土地

留　守

树上的鸟巢是空的
几根绒羽
粘着待哺的气息

树下的村子是空的
石头台阶上
散落着浑浊的眼睛

一场雪，趴在树枝上
百无聊赖地守着时间的垭口
积攒的思念越多
空寂的冬夜越沉

父亲走后

父亲走后
天空成了哑巴
所有光芒都掉进老井
干枯的月亮
守着干枯的母亲

父亲走后
火塘里的炊烟失了踪影
母亲的思念
泡在没有味道的白水里

父亲走后
老屋里的黑笼罩着黑
眼泪淌进针眼
一遍遍缝补所有看不见的寒意

父亲走后
母亲把岁月放在掌心
反复揉搓浣洗
直到日子一天天发白，散去

我，一个我

当我目的明确地
奔向生活流的草根镜头
反射进肌肤的尘埃与山涧的青苔一般
如此不值一提

我乐于一遍遍尝试
用微观视角去素描一段被催眠的蛙鸣
天空藏进我的运笔
默不作声地发酵和膨胀
他们急于酝酿一场
出其不意的雨

雨点敲击
太多理想被唤醒，我躺在草垛上
看着他们一脉一脉地凌空
一脉一脉地绽放
那些内敛的因子捧着滉漾的我
以辨识度很高的口音
深情告白
天空和大地

花园情史

立夏是透肉的纱衣

无须反复确认
性感流浪到了天边
滚烫的脸颊
贮备了足够多的隐秘话题

只是，蔷薇依旧木讷
靠墙，爬藤，傻笑
却难候佳音

花瓣落了色
季节空洞的大脑皮层
随纷飞的花语
删除一些多巴胺的朽迹

乌云下的三分倦意

炊烟反向倒流
呛进多数人的喉咙
刺痛，但不得不呼吸
呼吸以外，是凛冬将至的呐喊
叫嚣，然后不分昼夜地狂浪

地震这个沉甸甸的悬停
在新的时间序列中一点点消弭

岁月的光打在结痂的疤上
多数时候，生活向左
失衡并非极少时候的极少瞬间
他需要扯出多重人格
为季节的方程式刮骨疗伤

所以此刻，我能预见的所有美好
都在一个村寨迎着晨光的吐息里
村头那棵小心发育的皂荚树
就那样卡在了过去

黄连池

泡黄连的池子
也把自己泡进了黄连里
藏在池底的刺青
就像含在嘴里的苦
咽不完，吐不净

我跑不过太阳

太阳一出来，我就想和它奔跑
我鄙视山顶那堆
原地踏步的草

奶奶站在石头房背上呼喊
她善于把我，还有那些年轻的胡萝卜
腌制成跟她一样皱巴巴的月亮
一面耷拉着欲求
一面编织对抗熵增的樊篱

我唱着，我要带你到处去飞翔
奶奶抬起花布鞋
照着我的屁股蛋给了一脚

消失的森林

让道的树
揪着渗血的横切面呻吟
一句疼，散落数以万计的凋零

法则更新
丛林的刑具已升级

大地高位截瘫
任由鸟儿在残缺的躯干上
吊唁家园

没了枝叶，坐在轮椅上的古柏
用枯色反抗
单薄的河水是干涸的血管
血液比眼泪更稀缺

白云叹息
不知从哪里开始批判
索性化身一群羔羊
躺在一片黄土上
等待磨刀的风
落下金属的判词

原　谅

这一次，我选择原谅
原谅昵称被闲置的个性签名
原谅笔尖宿醉后的词不达意
原谅胡须习惯性的欲盖弥彰
原谅荷叶下偶尔偏离轨道的星星

任何情绪都是无效的拉扯
只有单元口的路灯知道
它昨晚陪伴了多少无眠的孤影

想来也是羡慕围栏外
那条不卑不亢的小溪
即使受伤，也能将内心的豁达
源源注入江河湖海
多朴素，多佛系

坚韧的泡沫

花几时开，又几时落
正在发生的和即将发生的

我是守在映秀东村的斑鸠
羽毛随花落的声音
一片片老去

我是震源地丢了霓裳的花托
靠散落身上的月光
逼近秋霜的阴影

时间落地，碎成一摊泡沫
越是克制地凝视
越是有一个亚里士多德的梦呓
而我从来无法参透
急于逃出我内心的甲乙丙丁
究竟是在梦境外
还是在梦境里

模拟与叠加

我曾把岷江披在身上
企图学会在水里静观世态炎凉

我也曾尝试
模拟群山的兀立
让笔直的语言矫正潦草的修辞
可是，白昼可以互换色彩
青衣依旧是青衣

我曾为
恋爱的两朵花撒上白砂糖
妄想附加的甜蜜
成为心照不宣的滋养
岂料所有的绚烂变成昙花一现
齁甜的伤口成了无以复加的枯萎
以及离散的哀愁

从无限柔软处靠近

1

童年，是废弃的工厂
藤蔓缠绕机床
滞留众多长不大的我

小孩斑驳
手持一把磨不出刃口的快乐
任由锈迹模糊往事

厂房外，茇茇草
举着枯槁的眉头仰望星空
一串银铃闪烁
那是漏墨水的钢笔
染色的指节
追逐躲猫猫的蓝月光

2

生疼了一下
散落在旧事里的螺丝钉

总是硌脚

每每想起，被沙包击中膝盖的那一刻
懦弱的我
便抛出了身体里的鸵鸟

剪刀石子布
我把自己装进沙包
隐藏所有流星的轨迹

3

晚风低唱
被汗水浸泡的细软童声
熨帖草木色的阳光生长
现实与梦境
像爷爷昨晚织的网
而我，只是一尾
困囿在出生地的鱼

4

一年复一年
来，皆有因
归，亦有果

没了话语权的焊接机

躺在车间
幻想有一天
被生活割伤的孩子
记得用童真
焊接一段七零八碎的归途

5

一页一页往后翻
泛黄的旧相册
不声不响
把一个人，从蹒跚送到了蹒跚

欢喜的立秋
背面都贴满膏药

到下一个季节
瑜伽垫会铺满僵硬的骨架
再往后
微笑被挂上墙
月光曲用烛火的影子
描摹蝼蚁的一生

透过五光年之外的缝隙

1

昨夜的雨，透过质子束的照射
撒播这一季的萧瑟

春秋的泉眼
已干枯了一个，两个，三个世纪
如今，季节的更替
是气象模拟的核心

我依旧习惯以年来记龄
380 年前是，如今亦是

雨后，城市的热电传导系统
恢复织网的激情
从时间之树摘下两个熟果
充入拓扑空间的计时器
我的生命版图得以扩张
脉搏的跃动
以两万个牛顿的动力
奔跑在无边无际的岁月里

其实，早在极区冻土漫袭前
我便已封锁青春的血管
唯有体内碳纤维的小鼓
在记忆修复的屋檐下
声声敲击

远眺，远眺
那个曾经被唤作家园的星体
如今，脱离公转轨迹
沦为茫茫宇宙的流浪者

伤感悄悄来袭，或许
是因为身边的读物
所剩无几
三百岁生日那天
我用缪塞的一本诗集
兑换了十分钟的味觉沉浸体验
至今，仿制牛排和红酒的记忆
还在冲击我的钽金脑垂体
甚至，超越了
更早更原始的咀嚼快意

可现在，我有些落寞
体感影影绰绰
成了我无法企及的奢侈品

2

五彩缤纷的血液啊
我要如何让它们相信
日渐冰凉的体温
早已焐不热那些沉淀已久的长句

我在第五纪人类文明纪念馆中
对着一张四亿公里外的熊猫标本
喃喃自语
量子通信的另一端
传来陌生而熟悉的多频干扰
或许是森林的呼吸
或许是潮水的物语
或许只是幻象
在内心不断攀升的声音

门外的激光聚变
是心理治疗师的问候
他惯于在我快要休眠时
出其不意地到访

惯性扫描的花朵开了又败
射线未能探测的地方
便是我生命最柔软的本体
基因不说话，任由重组的波浪
拆掉我所有软肋

癌变的枯叶揭开隐形的谜底
染色体互不相识，各自盘旋
各自生长，能保留本体
是另一种奢侈

我把思念写进二进制代码
让它随窗外的云朵旅行
犹如童年折进纸飞机的秘密
飞向蓝天，便没了音讯

3

过年，是怀旧党的狂欢
石墨烯主宰氛围舞台
不厌其烦地表演
关于烟火和摇滚的虚拟故事

一如往昔
细胞建构程序的塔楼
浅笑着撑起春节的大伞
神经元藤蔓沿伞骨传递那些
古老的词汇
比如除夕，比如灯笼
比如年夜饭，比如春联
还有，跋涉在荒漠的团圆背影

脑机接口持续传导

我和同伴照例
机械输出新年的祝福
越过百年又百年
我们锈迹斑斑的心脏
还在维系艰难的情感

窗外，又一 AI 族群
踏上流放的飞船

窗内，我关掉耳内的涡轮
尽力用平稳的语调
吟诵青青子衿，悠悠我心

往事不合时宜地
射出凄楚的一箭
永生则把我钉在穿心的箭靶上
任由血脉随浮木漂流

若那时，激光脉冲的信号
能清晰地从三星堆解析分离
一切都将从头记，从头记

交出贪婪与欲望后
人类，仍旧以人类自居

今晚，饥饿向我眨眼
注定又是以诗换酒的不眠之夜

且行且吟

那些未能及的梦

伊斯坦布尔的斑鸠
来了又走
这钢铁般的天空
斑斑点点，深深浅浅

牦牛和苜蓿把微笑抛给草原
于是，草原的风绽放了
原本呼啸而过的苍凉
春一来就复活

突然想起，莲宝叶则那一湾蓝色的眼睛
在世界入睡前的一刹那
变得迷离
石头山有着炙热的皮囊
差一点
就把云朵倒退的影子灼伤

马尔康，在奔走里禅定

所以阳光只是个介质
马尔康是揣着晨曲款款走向我的
以动感递进的饱和度
治愈时间，治愈节气
光影素描的梭磨河
手握嘉绒腹地的宽厚声波
柔和了眼神，还有夜未央的结晶体

梦笔山是趴在马背上跑的火种
初春，卓克基嗖一下起身
带着雪线爬上最高的山顶
回头时，一本思想奔腾的书
写下最豪迈的开篇
在尘埃落定前
用长征精神的体温
焐热一代又一代燃烧的心

焦距拉近
忽而透明的近在一隅
我的对面，是松岗的沉默
沉默的绵延

沉默的辽阔
沉默的瞭望
遥迢的目光里
时而放飞一棵芨芨草的渴望

直波村的八角碉楼
是另一个追着风跑的少年
抖擞地倾斜，化身心之所向的种子
播撒在一座村庄的古老音律中
直到思念包裹了凿壁而就的光
直通激情岁月的链接
成矩阵排列

藏族阿妈把清冽的融雪揉进糌粑
心存丘壑的时候
酥油茶和炊烟一并高于天空
于是，五彩的经幡一点点修复了
我对于三原色的钝感力

辨识度极高
尕兰藏戏在嘉绒的预言中深吸一口气
觅着党坝的脐血盈盈盛开
我的耳朵随之飞翔
飞进云朵，唤出理想
吟唱的边界从面具的丰腴开始扩散
哈玛战神舞拉开历史的大幕

月光精致的大藏寺
驮着双手合十的钟声
跃过地平线，勾勒马尔康深情的背影
所有抛光的诗意
从红色土地里生长出来

官寨手记

总有一江春水
去丈量黑夜的长
寒冷和寒冷短兵相接，封冻了
卓克基撩人的月夜
多少个轮回僭越了窎远的时空
镌刻进石与石叠加的祭坛

你的影子在经幡里舒卷
经筒随转动的掌纹
诉说千年的禅语
于是我推开木格窗凭栏远眺
将西索藏寨目之所及的景致
随着酥油茶柔暖的体温
一帧帧
舂进茶桶，揉进铜壶

吞一口平静，任凭森严的古堡
凌驾于黛青晕染的黑夜
匍匐在历史的胸膛
一寸寸梳篦
土司拓殖的衺僻版图

而今这片土地，正在华夏疆域
演奏一曲曲方兴未艾的赋格
不休不息

梭磨河剥离出墙垣外的料峭
梦笔山抖落所有荼蘼的枯意
官寨的脉搏
在晨钟暮鼓的烟火中
跳动新生

尕兰的微笑

初遇尕兰，你是情窦初开的少女
背着水桶，在查木达湿地茕茕孑立
独自怀想一泓泉水灵动的表情
踮起脚尖，轻拨湖面
在铺向垭口的宣纸上
等待一场雪的降临
青丝，黛眉，绛唇
一眼万年后未及纷落的墨迹
羞涩的裙角
钻进光阴的缝隙
任我的思念迂回蔓延
再也无力托举茶马古道上翱翔的鹰

再遇尕兰，你是嘉绒藏戏里的艺僧戏师
拖着悠远的唱腔
牵引着我迈向你
面具和面具后的虚实莫辨
寻不到你躲进山峦的眼睛
唯有平缓交织的步法
勾绘出乐舞厚重的肌理
此去经年，一鼓一钹

咚咚锵锵咚咚锵
绵延在群山的峭拔里

又遇尕兰，你是草场那片被暮光亲吻的绿
草尖将触角伸向季节更替的路径
迎着镰刀的弧线
一茬茬收割青稞麦芒里幸福的光影
风帖着耳垂呼吸
刻意透露它漂泊的秘密
没有蟠龙的盘龙河晕开绵软的涟漪
尕兰不说话，就那么远远地噙着笑意
我的心不再阡陌纵横
瞳孔里满是放牧人恬静的身影

以色彩为媒，抵达黑水的美学领域

1

每一次抵达
都有万千个我，从多棱视域的山野苏醒
牦牛反复咀嚼一场温婉的秋雨
似是我和羊茸哈德
双向奔赴时，心动的涟漪
只一眼，那抹绚丽的滚烫表白
便携着夏，赶着秋
从藏寨新居镏金的物语中
蹁跹而至

远山，慷慨地赠予我辽旷的身姿
而我能从行囊中拿出的
只有贫乏的修辞

于是，趁着秋色栖居窗前
我将缱绻的诗意披在铜壶的肩头
让每一碗饱蘸隽永深情的酥油茶
与村庄对话，与季节对话
直到镂雕斗拱在茶香中沉潜

借着微风，我能听见
杳袅的雾纱与岁月的平仄
涓涓合吟

2

炊烟，是农忙时节偷溜出来的孩子
从任青家，从罗斯阁
从沙卡阿妈阁
从目击托果家
跑进松林，便寻不到踪迹
包容众生的三和塔，笑而不语

有了九月跫音的加持
羊茸哈德的脉搏越发清晰

松针的旅行
是推翻一切虚空的隐喻
所到之处
或风清，或月皎，或层林尽染
农牧人用最美藏寨，标注涅槃的印记

3

核桃树的肋骨，坚硬成了刻刀
负责雕刻天空的蓝、楼阁的彩
以及雅克夏诵经的石头

倏然间，核桃有了抱团的灵性
在耕种四季的路上
为细雨遮风，为阳光撑伞

许是一张张笑脸，把时间拉慢
阿妈的织布机才能在缓缓絮语中
用经纬相扣的叠加动作
编织幸福的愿景

4

身后的山，是剥离野性的收藏家
他惯于把柴爿
整齐划一地收藏进烟火的序列中
作为森林的另一种形态
深邃的火苗，会反观一座山的生存法则
人亦如此
迁徙，扎根，生长
在一次次抉择中收藏更迭的命运

而我，则学着收藏遐想
在藏语缱绻的暮夜
从所有虚实难辨的天籁出发
悄无声息地，把热尔阁家的月光
收藏进我的梦境

只有簌簌的风声穿过芒筒

勾勒候鸟的舍离，和一场
关于低声部的温柔陷阱

我猜想
长久的禅修才能让瞳仁滚烫
而内心依旧保持宁静
为此，我在村庄粗糙的比拟中
化身山间的松鼠，满地散落的南瓜
任由秋风度我

回拨时针
初识的心跳仍旧清晰

在芦花，每一粒粮食都是不朽的丰碑

粮食，粮食
我受困于这揪心的词汇
在每一座雪山的稀薄空气里
我擦亮火把
寻找那些饥寒交迫的名字

不止一次幻想着
把青稞研磨成治愈的阳光
去照拂漫长的征途和落单的草鞋
去温暖孑然单薄的身影和
寒冰一般漆黑的冬夜

无须回头，往前
才追得上信仰

筹粮 710 万斤，熬盐 5000 余斤
扛着数据前行的人走了
这沉重的数字兀自挺立
从一到十，再到百，到千
这是镌刻在丰碑上的史诗
更是鱼水交织腾起的赤色巨浪

在芦花
每一粒粮食都是红色的
每一粒盐
都饱含着二万五千里的宏大叙事
展开时光交错的卷轴
总能听见，以革命为韵脚的格律诗
把达古冰川九千年的守望
吹得猎猎作响

从边缘靠近中心
守望，守护，守恒
在明暗交替的会址里
在长征精神的轮廓里
在忠贞信仰的词条中
一守，就是一个世纪
当第四代守护人素描的人生里
长出参天的大树
芦花的风，已把红色的种子
播撒进每一位到访者的骨血

夜夜低吟的猛河
从未停止告慰英烈的安魂曲
每一个音符都是星空的一部分
每一个注脚都在时空里回溯

为黑水的村庄画像

黑水的村庄都自带原生魔力
在维多，在色尔古
在沙卡，在甲居
那些努力破茧的幸福，与天空对接
在放飞满山的烈焰红前
拉开一湾自由的向度
为新农村赋形

我的心跳
有别于任何一次邂逅
野鹿般伸长脖子
打探每一个村落的心思

无论是千年的青冈
还是苍耳的种子
总能结出幸福的果实

我试着在多声部歌吟中触摸
一座村庄的翅膀
母语挨挨挤挤，拉着我谈古论今
那么多质朴的笑靥

流淌进岁月的肌理

趁着天晴，晾晒新生的土地
云朵紧随阿妈的身后
在卡斯达温舞跌宕起伏的语调中
寻找拔节的路径

洛格斯神山的速写，或歌吟

山，有山的磁场
洛格斯神峰
集结所有流岚、阳光和细雨
指引彩色镜像中的眼睛向左岸游弋

远古不远，就在眼前
顺着虔诚的脚印
聆听白塔下的诵经和鹿鸣

转经筒每转一次
我心里的阴霾就后退一米
所有喧嚣与虚妄
从眉间的褶皱中逃离

雨和雾，是山峦合体的缔造者
神山真容难辨

当冰川还在孜孜不倦地
和阳光博弈
饮水思源的箴语
已化为红藻，刻进石头的脉络里

达古蓝调

远古的耳朵
在下弦月的埛曲里禅修
雪莲旁白，倏尔消失

高山回眸
蓝冰的胸膛里
住着嵯峨的目光
时时与数以亿计的奔跑对视
每一眼
都在横渡时空的河流

而此刻，达古湖就是大地的母亲
皴裂的枯手
一针一线连接守望的水
水啊水
与山结盟的水
归心入骨的水
从天上来，回天上去

那么多水
在半空凝结成银白的发丝

拍打冰缝里尚且年轻的颂词
唯有温润的韵脚
还在抚平冻土的皱纹

冰山脚下

若是泽娜措作词
那么谁来谱曲

一头气吞山河的鲸鱼
沿着春天的经纬
拨动琴弦
踉跄的曲调
只是一场倒春寒的伪命题
音浪屈膝
托举鲸背的巨石
向天空潜行

偶尔，寄居冰川之眼的鸟鸣
一步一匍匐
向着头顶供奉的湖泊
献出虔诚的肋骨
信仰的关节被风吹得咯咯作响

再往暮色中探头
金猴湖临摹自然的语根
渐次有了温度

众生皆守本分
或许，守候磐石的母语
即是藏酋猴的本分

红色的石头

那些破竹的阳光
赤着脚奔跑
平心而论
一粒雪的菩提之路
才是封存一座山的真相

地平线的结晶体
向人间烟火缓缓靠近
城市触手可及
就像橘色藻类的宿命
和一个婴儿的清澈目光暗合

咖啡屋的窗台
铺满一个个痴情的月夜
看悲欢离合从大地酒杯里
浮浮沉沉

红运坡扯下色彩的执念
顺势扯下喧嚣的伪装
只有黑夜反复咀嚼黑夜
黎明在远处，悄然发光

冰川的侧颜

月亮至今不明白
它要照进谁的眼睛

冰斗谷盛满时间的眼泪和
攀登的决心
冰晶，便是岩石皮肤的盐
冬天皴裂，沁入
山谷，钻心的疼

冰川并非想象般安静
重金属摇滚的蛛丝马迹
拖着彗星的尾巴
播种爱情

茂州遐思

童年的梦，被这液态的地标
缓存，每当瓦尔俄足节的歌声
从烟火茂州
穿越而来，我的耳朵
便熨帖着
一匹黑马宽阔的脊背沉思

而眼下
照拂我的暖阳，来自
风雨磐萦的无影塔
抬起头，在天然过滤的呼吸里
一群山羊
踩着季节的冻疮
摄入九鼎山的融雪

城门洞的一页纸
轻启朱唇
呼喊窈窕的远山
厚重的记忆一页页变薄
捧着糖果的手
在青春的余晖中悬停

以青云为榫
以天空为卯
在古羌站立的制高点
建构一世任由评说的传奇

一缕夏风，推开松潘的窗

于是，我化身地胡茶里的闲云
侧耳聆听跋山涉水的马铃
驻足的暇晷
有众多回响悬浮于时空交错的古与今
窗外，高原的风把时间磨细
塞进羌马驮运的陶罐

是虚构，还是缩影
我喋喋不休地追问
直到松茂古道把诗词举过头顶
那些随杨絮飘飞的韵脚
大声喊出了战马与黑茶交织的往昔

在松潘，时针的脚步总是缓慢
古城墙宽厚深重的呼吸
推着五彩藜麦向远山
向古松桥，向威远门挥手
一瞬间，青砖上云集的金戈铁马
便热辣辣地印在了掌心

入夜时，我已是一条鱼

游弋于四方城的坊隅巷陌
从觐阳门到威远门
一段段颂词从体内放逐
自古钟毓多英俊的光影
把打盹的松游小唱叫醒

我心中的小山河
似乎多了一份若有若无的牵引
就在眼前，在月光簌簌飘落的当下
我仍旧思量着
唐蕃和亲，留在史书中的种子
有几章，有几回
会从那双契合的灵魂里
生长出爱情

有一些思绪盘桓在黄龙

黄龙虚掩的山门
与往复的众生平行对视
雪山供养森林
也放牧金沙

我一路哼唱的情歌
是垂直于感官的速写
扎嘎瀑布一边飞奔激流
一边笑看我们以附加的罐装氧气
来辅助呼吸

我把五彩池关进我的世界
任由钙化的容器饮下一湾湾碧水
我当然知道
清凉，是雪山滋养青春的密码
这清凉从翡翠镜面腾起
顺势撩拨行进的六月
盛夏躲得老远

橙色翅膀的噪鹛
站在黄龙真人的修行路上

让出一些礼遇
没有谁能拒绝时间的托举
我心中的花儿
随涓涓流淌的远古之水
开成了争艳的瑶池

在松州，有关幸福的三种情态

岷江的源头不甘于素描
在芒种结束前
总会以欢喜之色点缀边陲的经纬

为此，我嗅到了迪厦舞步中
丰收的麦香，抑或是沧桑经年的雄鹰
浑厚的期许
展翅，跳跃，一问一答
历史堆砌成峻岭，站在云端
引领万物生长的力量
搀扶起彼此的民族血脉
唱诵的旋律贴着大地，掠过
循环迭代的圆圈
此刻的盛装，是光
更是从光阴缝隙里反射的沿袭

为此，我还向川盘花灯舞
讨要一抹幸福的底色
那些云淡风轻的饱和度
跟随轻快的音律一呼百应
握花灯的手，也握青稞和镰刀

在折叠的岁月里
以农耕为前缀
用灿如云霞的微笑作定语
把朴实的诗句
悉数揉进一个村落的炊烟

正如此刻
象藏艺术的唐卡画室小于一分贝的静谧
在精密绘制的最大半径
勾勒善与恶，因与果
水回到源头
工笔带着虔诚，诵吟
度一切苦厄的心经

展读剑门关，再叙春天的诗意

时间饮下结义的酒
在月光流淌出醉意前
侧耳聆听，关楼外
暄风馈赠的鹤唳

通天的蜀道
守着蜀的边缘
通古今，通传奇
也通漫天飘飞的忠义
姜维用硝烟凝结的炭末
书写第一百一十九回的坚守信义
直到火焰变为灰烬

在剑阁，在时光的轮廓中
所有石阶的眼神
都被讲故事的风牵引
此后，风化为博弈的种子
紧随卧龙先生的脚步
以山，以水，以古柏
遗存在蜀汉斑驳的轨迹里

从盆地的胸腔掀起一角
我能预见，一座城池的翅膀
正从血脉偾张的冷兵器中苏醒
他们拨开浮岚
在马蹄与崖壁之间
擦出古栈道一夫当关万夫莫开的
前世回响

当剑阁的第一场雪
抵达蜀的咽喉
天空早已褪下陈旧的皮肤
伴着低回的磬音，升起一空
绚烂繁密的愿景

金牛道的词牌依旧空蒙
仿佛站在猿猱的骨骼上隐喻
沿途的生灵与岁月的平仄合唱
唱出袅袅的历史弦音
于是，万物有了追随的勇气
追随拂煦的白羽扇
在飞梁阁道的图腾中
一遍遍叩开利州古城的丰腴

那些刻在崖壁上的坐标轴
借风势，爬上时间的背影
蜀道难
难于来路与归途间

无法抵达的幽深邈远

念旧的云朵，将马背上的訇哮
拧成春天的绳
在明月峡的褶皱里每走一步
便年轻一米

沿着广元的年轮行走

金属的胡须
割裂带泪的红妆

天空俯首
星月屈膝

桃花的所有宿命都归零
包括歇脚的黄昏
也包括穷途的爱情

其实，秋风的眼神
不算犀利
却足以磨碎天后的媚骨
抽打天后的柔情

多年以后，大唐的荣归
牵着凤凰楼的裙裾
游罢河湾，再用丹青
擦洗夜的空白
唯有蜀绣的体温
有迹可循

芸芸草木
为远行的才人缝制嫁衣
以字为马的家书
自然透着烟火的清醒

沉默瞬间
嘉陵江把蜀道的清欢
一饮而尽

火烧馍的乡音
噎得夜渡的风
张不开嘴

在西塘，采撷烟雨江南的背影

1

西塘的水，是天空的布施
在一轮轮盛放的辞章中
托举一江洞察万物的蛙鸣
时有暗香浮动，饱蘸月色
溯洄一乡轻柔的吴语
于是，从民谣栖宿的夜光杯开始追觅
古渡口的杏花酒
隶属哪一脉水系
又在哪条幽深的水巷归隐
在此之前，时间的沙漏
孜孜叩问，炊烟体内的晴雨

在西塘
二十四座石拱桥是包容过往的隐喻
桥洞横跨时光的藤蔓
把青丝绾成了髻
她们的青春
分属南和北、春和秋
从望仙桥到五福桥

从卧龙桥到环秀桥
波澜不惊的，在五彩涟漪里
轻抚岁月的裙裾

撑舟的竹篙
一半在水里，一半在人间
他和渔火无话不谈
茶盏戴上斗笠
一遍遍在水墨阆苑拓印自己

2

或许，南来北往的候鸟
早已把心安在了宅弄相连的惬意中
又或许，缄默不语的里仁巷
停靠了太多枕水而眠的锦瑟箜篌

青石板守着艄公褪色的斜襟布衣
犹如守着他泛白的韶华
日夜浣纱，捣衣杵把多少悲欢
敲碎，放逐
似水年华，年华似水
乌篷船悠悠摆渡的
又何止是一个又一个世纪的乡音乡情

曾几何时，吴根越角的额头伸展出
烟波浩渺的触须

沿着白墙黛瓦上的墨砚
搬运胥塘河的四季
透迤的屋檐捂紧耳朵
唯恐听见
皇历在过堂风里扑腾的声音

日月更迭的影子时暗时明
众多个百年人生
从醉园的四进门潜入小池的梦乡
唯有水乡深邃的风情
方能衍生青莲恋上亭台的朦胧意境
一曲《西厢记》
刻在西塘木雕的掌心

3

脚步靠近，却又如此轻盈
素雅的帔帛绕着低飞的啼啭
唱到一半的昆曲
在江南旧梦中悬停
音律闲逸地在耳蜗垂钓
西塘夜色里的温柔

无意入画的纽扣
是静候在星空下的眼睛
她们熠熠闪光的思想
跟随凭栏而眺的石皮弄

徜徉于狭长的光阴
再回首，那把撑着初恋的油纸伞
已丢失在佝偻的秋风里

哪一面，是明清的门楣
哪一面，是新时代的脚印
啜饮江水的两岸知道
白鹭斑驳的啁啾知道

正如此刻，烟雨中的廊棚
一边注解青莲居士的诗句
一边眷守踏歌而行的脉脉春意
在嘉兴增长极的最大阈值中
在四季更迭的时间编队里
一匹千里马的奔腾
从线性到多维
西塘
正以足够的底蕴，孵化青绿

甘孜，诗与美学的素描

1

每当格萨尔王城的风
从青藏高原的边缘
到访一次，我的肋骨
便熨帖着月圆的引力
心动一次

珠牡拉措湖
牵着战马，将铠甲供奉于
四千米海拔的暖阳之下
带着神性的光泽
照拂生命的火种与希望

霍岭大战的硝烟从史诗的罅隙中
升腾，上升
直到一座城的高度
成为膜拜天空的标尺
所有英雄气概的总和
在森珠达孜王宫上空凝结
长久悬浮

当戎马一生的传说
在神秘的藏戏中
袅袅拔节
甘孜晶莹的体态
早已盘萦自由的呼吸

王的气度从未消弭
百里青稞深谙色彩的奥秘
从藤黄到朱砂
调试渐次涌动的黄金甲
以精妙的运笔，勾勒
丰收的愿景

2

关于甘孜的驰往
让人不免联想把青春
丢进那一片
踏雪无痕的修炼后
时间与空间
仍旧波澜不惊的神奇

不经意间
雅砻江的暗香
从巴颜喀拉山一路
浸润恒远的白昼

奶龙神山披上浓重的橘调
以此回应黄昏的恩典

一切遇见
都是刚刚好
而我，必须赶在寒冬进驻前
化身漂泊的闲云
寄出远眺的诗笺

3

星空留白
白塔公园收藏最虔诚的信仰
双手合十间
以圣洁之水，淘涤众生的慈悲
再为转经筒褪色的掌纹
镀上美好愿景的釉色

雄鹰是
雀儿山苍劲的使者
在洁白美丽的姓氏中
将冬赋的破题
植入宽厚的高原语系

通常，氧气在山的褶皱里
薄如蝉翼

而一座城的理想
却日渐丰沛

积雪惯性的消融
并不能成为织造春蕾的纤维
却足以翻开一页
崭新的辞令

的确
一座山有一座山的风骨
一座城有一座城的胸怀
能海纳溪流、经幡、森林
和放牧人漂泊的历史剪影

4

甘孜的风，好轻
轻得载不动漫天的雪花

甘孜的风，好重
重得足以压垮马背上迁徙的往昔

甘孜的风
在十八军窑洞里奔走相告
直到新时代的旋律结伴而行

甘孜的风，远不止它表面的样子

在骏马奔腾的群峦间
处处能发现
独属于这里的美学核心

看吧，蝶变的甘孜
撑起一叶时间的扁舟
在藏寨新居的笑靥中漫溯
有风助力
氤氲亘古文明的涟漪
正缓缓地，缓缓地
迎着春风，前行

都江堰

石头昂起头
奔赴水做的天空
它们握紧彼此的命格
在仰天窝盘桓良久

所有石与石的串联
不再遵循欧姆定律
每一块石头
都是耀眼的发光体
又着实拥有与水正面交锋的勇气

着陆时，石头们互称兄弟
落地便开花
并排坐，抱成团
相拥成堰

守口如瓶的鱼嘴
紧握水的命门
把岷江拥堵的情绪
往宽厚的胸膛里
疏解，分流，淡化

水与水的让渡
成为声名卓著的颂词

并非虚构，在都江堰
总有揪着水奔跑的人
从大禹，到李冰父子
从上游到下游
让每一滴水
都成为城市的血液
成为万物生灵丰沛的底气

悠悠青城道

我说过
问道青城的文字不擅长伪装
他们在偶然中寻找必然
就像坚硬的石板
依旧生长娇柔的苔藓

可是，你知道的
隐入青城的故事
每每从爱切入
又超脱于爱
清心修道的鸟儿甚至忘了
是从什么时候开始释怀的
潦倒的羽毛就葬在膝下
眼睛却已是华月冰壶

打开了老君阁的月光宝盒
就打开了穿越山海的道法
解开相思扣的心诀
叫清静无为

枯松喂养落日

跌入轮回的故事被反复注解推倒
但青城的道
一直都有
且仅有

远眺，海之蓝

于是，我在儋阳楼顶
借一脉天空的蓝
捂住云朵怦怦的心跳
再打开耳朵的引擎
听万物絮语

阳光，轻哼儋州调声
随波光缓歌曼舞
午后的北部湾渐渐眉心舒展

壮美的龙门激浪
犹如勾人的朱砂痣
远远地度我
这无以复加的痴迷
是该归于尘土还是归于天际

雾绕远山，从云月湖心
盛开一朵又一朵翠绿的岛屿

回望时光的倒影
独属于这一方山水的胶片

如此清晰
包括文面的黎族阿妈
包括播种松林晚翠的白玉蟾
包括叱咤风云的冼夫人

而此刻，我在羌寨的木格窗下
寄养一湾海南的水
等汪洋满杯时
我便是守候在海边的
一片叶，一朵花，一抹夕阳
只遥遥相望
抑或语焉不详地诉说
旷远的记忆

儋州走笔

我想是的，是炙烈的一场雨
将颗粒饱满的期待
写进芭蕉叶冬日的梦境
可是，在这琼岛之上
哪有什么寒冬的锐气
它们早就被热带雨林
融入清甜的椰汁，乐不思蜀

儋州的所有细胞
都负责滋养喜悦的稻香
当季风只剩奔跑的光影
从林扑面而来，迅速抵达
果绿色的神经末梢
这片沃土不知疲乏地生长
直到现代文明的抛物线
一头牵着青山
一头系着绿水

在海南，生态文学是有风骨的
那么多偏旁为木，为禾的精灵
在自成机杼的空间布局中

时刻对话负氧离子

红豆树和它的同伴
皆具棱角分明的骨相
无须施以粉黛
便是最本真的苦行僧

而热烈的，又岂止是山水林田
还有昨夜绕梁的
黎谣，彝曲，羌风，藏韵……
恰似满天繁星
悉心拾取，不染尘埃的生态之贝

而我的生态理想
关乎时代的阳光
和阳光下越过万重山
仍能天人合一的芸芸众生

洋浦盐田

一心之隔
盐和盐互不相识
只在盐田村晒太阳时
一起把日子凝练成了
一千二百余年的古诗词

在洋浦
每一寸肌肤都浸泡着盐分
每一个骨节都穿行在风的大衣里
咸湿的潮汐为土地加冕
盐工们用青春
一遍遍熬煮大海

在洋浦，无论你是流放的浪花
还是远行的船只
在盐田村自成一体的火山岩里
都能以温软的阳光
卸掉愁苦的铠甲
晾晒出最纯正的幸福结晶体

赶 海

下定决心，打开追赶的引擎
趁着潮水还未消退

礁石的表情淡定
在渡口遥望三五成群的恒星

一片伺机而动的浪
劫走寄居海岸线的愁云

海鸥
成了风眼里鸣啼的孤勇者

跃出海平面的魔鬼鱼
用尽全力想要靠近流浪的核心

致东坡先生

我不知道，冥冥中
是谁，把载酒堂的诗句放入我的掌心
从此，沧海一梦的烙印
火辣辣地扯着我向你靠近

是你吗？为我架起这时空之桥
让我沿着西路驿道
去遥远的儋耳
追寻蜀之乡音
虽非杨花飘飞的季节

你来时，荷塘是否也为你让路
而今，那些随风而动的涟漪
每日早起，以诗遣性
在功名的海洋中浮浮沉沉
带着半生唏嘘，从不问宿命

钦帅泉是甘，是涩
不得而知
我只在时间的断面
窥见溢满茶香的韵脚

匆匆拿起亭阁里搁浅的纸笔
从上阕到下阕
勾勒天融海色的超然
也勾勒衰病老翁的旷达闲逸

你从未枯萎
你的酒仍旧扛着诗
跋涉于琥珀般的春去秋来

我在你的雕塑前
驻足，追溯，思索
你的心里究竟装了多少盏灯
才能如此光明
才能怀揣一蓑烟雨任平生的通透
至死不渝

我把关于你的传说交给浪花
浪花以古老的词汇回应我
悲欢离合，阴晴圆缺
身着竹笠木屐的随遇而安

雷丝灯塔深邃的眼神
一路穿过颠沛的岁月
从海上丝绸之路
捎来鱼鸟亲人
天蓝色的慰藉

你是否听到
儋耳声声叩问远去的扁舟
夜来幽梦时
可否再回首

在酉州，有关雨的意象（组诗）

叠石花谷

石头飞翔，磁吸天空之眼
我完整地陷入
有片刻登月的既视感

在叠石花谷
那么多石头讲着哲学
直到把自己的身体讲开了花

巫傩文化的生命轨迹
随阳光流淌
在粉紫色的枯荣中
把四季的心路
撰写在一个个石缝里

龚滩古镇

一场雨的反作用力
足以让潮湿的半边仓咳嗽
浸了川盐的码头

也浸了咸湿的泪滴
远方的号子
隐隐扯着岁月的喉咙奔走

透过乌江船家投射在青石板的渔火
千年前的我凝视无数个新生的我
老人浑浊的记忆
随深藏在祖屋里的青春
一并沉入江底

还好有雨
雨是古镇的润喉片
滋润冉氏青瓦的呼吸

从三抚庙到夏家院子
拾级而上的裙袂

撑伞的三角梅从吊脚楼的耳朵里
伸出紫红的触角
撩拨着行人的方寸之心

腾龙洞

一个洞穴的海量
让举杯的初夏之手有了畏惧
炎热不敢探头造次
透心的清凉是荞麦发酵的终极梦想

偷溜进洞的夏风，脚步蹒跚着
似乎有了
修炼三十年的醉意

此刻，石钟乳的行酒令
将成坛的吞吐
熔铸在这直冲云霄的芳香之中

更多的时候，诗泡在酒里
一半在天上，一半在人间
不仅仅是诗人棱角分明的歌吟
更是益西酒文化
将千年的地标打磨成
土家儿女归巢的乡音

酉夜思雨

树叶是古镇夜曲的腮
鼓动一次
就是一次生命力的游移
从一棵树启程
到国家大剧院的绕梁之行
每一步，都是种子
沿袭的曲调

滂沱的雨夜

我为穿着苗族长裙的香香姑娘
着迷
小鸟般忙碌
来回穿梭在石阶与她珍视的友谊间

我的思绪还在广场边
土司楼与石牌坊
两两相望的眼神中游移

桃花源

进入桃花洞后
我变轻了
脚步轻了，语调轻了
思维轻了

我身体的每一个细胞
都在挣脱藩篱
各自寻找落英缤纷怡然自乐的空气

在这里，我想不出
还能怀揣阴郁的理由
于是，饮下忘忧酒后
我用力摔碎了碾磨时间的磨盘

从那一天起
我的心里

真就生长出另一个桃花源
有时在旧友问候的早晨
有时在思念酉阳的夜晚

喊泉

喊泉的录音笔
录下陶渊明
录下李白，刘禹锡
录下苏轼，陆游
甲辰龙年
录下了我
和一个柳州女孩同频共振的记忆

三星堆随想

再回望，黄金权杖里的磁场恒定
鱼凫部落漫天的尘烟
是岷江上游强有力的感应
我跟随众多神灵的目光
投向玉琮的同心孔

青铜树的枝丫延伸，延伸至
杂多又整一的美学领域
在线条冻结前，一一重塑神鸟的啼鸣
直至回归活态的大典
大法师的祈语
从土地里长出了太多不确定

象牙迷失在中原
而腐朽的托举，对于重建秩序的核心
有着执着的坚定

隐隐迢迢，写意壤巴拉

从远古的眉心
舒展一场星辰与高原的盟约

须臾之间
雪的翅膀紧握万物的初暖
簌簌穿行
偶尔捎回搁浅异乡的扁舟
停泊的腔调
夯实传习所的基底
乳名一响，虬根协奏
手里的画笔
涓涓流淌出，高于
地平线三千米的天籁

我啊我，一个来去匆匆的身影
思维的伴侣还在那一方山水行吟
吟年轻的阳光
拍打年轻的藏袍
吟手是斑斓的花，浩瀚佛的双眼
慈悲的召唤

黑　马

那么一定是的
在同一纬度下，先知先觉

觉囊梵音悠扬一米
四下的空洞便后退一米

藏香，正以沁人心脾的基调
追随确尔基寺伟岸的冥想

杜柯河抖落一身束缚
迢迢远赴
从时间的拓本里融化月亮
月影变薄，薄得不如一页藏纸
薄得盛不下悬天净土的隐喻
直到贡塘坝子
举起写生的炭铅
和一万种希望平行飞升

奔跑，闪电般的奔跑
从一匹叫壤巴拉的黑马
冲破草场的胸膛开始

棒托寺

此刻，扛着雪跑的春天
快要翻过棒托寺的经文，到达
传艺人玲珑的錾凿
石板上，凿子迸溅五彩的火花
反复往生命的河流
添加熠熠发光的春秋

《大藏经》安坐，有一万种书写的姿势
镌刻时间的沧桑
天光的发丝轻拂茸木达的耳垂
粲然可见
灵塔已在万物之上
一字一句地站立了千年
他浑厚的嗓音
不分昼夜，反复吟诵

靠山的寺庙
大概是虔诚地生长着大山的秉性
浑然不知
默不作声的牦牛
何时舔薄了红皮肤的云

野桃花从油彩里
画一道春分的弧线
天体行星般忽明忽暗地
滚烫着经文的滚烫

随时序流淌
只一眼，灵魂
便灼热得无以复加

朝圣者

相信，路是温暖的
朝圣的路
铺洒厚重的体温
纷至沓来的指尖
传递血脉浓稠的真诚
体温拓印牧歌，拓印晴空
拓印不知归期的水

藏洼寺细细研磨
雄黄、石青和朱砂
被色彩装满的炊烟，在春天的铜壶里
熬制一碗缤纷的茶

在中壤塘，众多寺庙微微弯下身子
似饮水的山羊
以最温柔怜恤的额头
轻抚波光粼粼的朝圣者

或许，只有翱翔的雄鹰才明白
草原上，没有走失的星星
只有酥油盛开的花

转经筒

手握信仰的轴心
顺意惯性的年轮
孵化山水，孵化朝阳

众生的耳蜗
被一个又一个故事充盈
几缕翩翩而至的煨桑熏烟
将天空装进
绛红色的僧袍

我的每一次运笔都太轻
甚至托不起
一粒缱怀的尘埃

龙达纷飞

旋风潜伏四野，显然
等待不是终点，而是一场
静候龙达的修行
当漫天的祈愿汇聚成了
通天的旋涡
阿斯玛雪山的肺叶
开始舒张宽厚的胸膛

三月，来往反复的
日出日落
在四千米海拔，与鹰共舞
以诗之名的到访者
土拨鼠般，血脉偾张地
钻进漫卷的气流
播撒跫音

于是，神山的每一株草
每一粒雪，每一条涧谷
都掏出诗意绵长的章节
越交织，越沸腾
从荒芜走向茂渥

雪线退到视野之外
没有谁会悼念一场即将殒殁的冬天
只有牦牛反复咀嚼寒冷

梦归，日斯满巴碉房

当我真实地抵达
和泥土融为一体
用红喙一寸寸，垒砌爱的诗句
日斯满巴碉房
是否还在下弦月夜揉搓
干涸的青春
谁能知晓，我只是一只
守护高原密语的红嘴乌鸦

春风焐暖了我的鸣叫
在众多意象汇集的夯土墙外
野花的深情
孪生着青草的呼吸

更多时候
雨滴停靠在我的肩头
令我声线潮湿
一首歌谣
如同电锯撕裂寂静的夜

我大概是倦了，抑或

昨夜溜进喉咙的青稞酿
让我滑行的速度缓慢
索性，倚着单腿站立的独木梯
思量，如何在油黑的羽毛上
打磨一朵古拙的雪莲花

月光禅定
陪着黑色的夜和黑色的我
冥冥中归来的群山
放下了昨天，放下了
麦草黄泥夯实的光环
偶尔想起
戍边的榫卯，还在
锈迹斑斑的积雨云下笔直伫立

云朵伸出最纯净的手
擦拭石波寨深邃的眼眸
我是断不能和歌唱的宗科河媲美
它把坠落凡尘的擦擦
声声句句哼成了月光曲

记忆缝隙中，一层层
叠印在白昼和黑夜之间的红色浪花
一遍遍润泽盐池的伤口
结痂的征途
早已把信仰
铆进村庄的每一寸经脉

九层片石的耳朵
惊醒一次，冷杉的冷便哆嗦一次
直到日斯满巴碉房
结实有力的图腾
亦步亦趋地迎着光芒
凿出赤色的呼吸

藏 香

三百六十种草料的慧根
便是时轮藏香的慧根
香草的枝叶互相打了个照面
便各自撑起五行的脊梁
成为彼此的塑像

藏陶

满目生香地
过滤杂糅的细胞
春天来临前，泥土
在陶坯的自传体中涅槃

陈列柜里，年长的、年轻的
隔着时空对望
黑陶端坐土窑繁衍生息
修炼的种子
从一到十，到百，到千，到万
茶盏斟满了
陶艺人的功德也就圆满了

藏 毯

放大一只羊的华丽程度
只需放大一张藏毯的
细枝末节

染色、上经、过纬、刮线
等风来时，细细数
织藏毯的女孩与白云邂逅了
多少个春天

唐　卡

神山脚下
一泓碧水模仿冰川的片段
打开风口
涌入唐卡的秘境
从溪流潺潺到波澜壮阔

水滴以成倍的速度扩张
直到独行者在汪洋里寻得
一众远航的鱼
画笔轻晕，众生的归宿
都在佛的目光里

宁静的二维画面便是画师
心中禅悟的净土
所有无声胜有声的度量
都是打开眉眼的瞬间

只有画师明了
有多少线条关于混沌
有多少色彩关于苦厄

去西藏

去那曲，去阿里
去心中的冈仁波齐
沿着父亲援藏日记里的轨迹
去呼吸海拔五千米的稀薄空气
去寻找一片绛红中
星河般流动的眼睛
去辨悟僧侣们合十的掌心中
模糊的法相
去细数酥油灯里一圈圈经文盘绕的禅境
去轻抚父亲为牧民教学的拖拉机
去踏逐白雪覆盖的荒芜
去破译快要苏醒的远古物语

那一天，我在群山的波涛中一沉再沉
直到浪花将我从奔腾的雅鲁藏布江中抛起

那一天，向着冈仁波齐神峰三步一磕
我的额头
便是父亲的额头
或许，在雪莲花盛开的彼岸
机械化牧场的旋律
早已悠悠飘向父亲的安息之地

北碚的天空以及怀旧的段落

蓝天稀释雾气的浓郁
极光从时光站台启程
坐着以父之名的绿皮火车
抵达西南

北碚，是北农机的旧胶卷
是半个世纪前，有关父亲的
密匝的春雨
在那个有迹可循的青春丛林里
散落着年轻的阳光
和一块血气方刚的山水印

时间一天天酿成追忆的酒
如同这座城市捧上的药引
一遍遍拨动父亲心脏的计时器
然而
我已无法用北温泉的体温
去抚慰一座山的心灵

缙云山的腰际
一半，是水

一半，是水的投影

父亲的松木箱里
一半，藏着发芽的光源
一半，是流星划过的证明

小三峡

那么微小的名字
扯着万物的身躯随之跃动
被融化的时间
游走于长了白发的雨夜

我的脚步
跟随一些修辞的节奏
渐渐抵达数帆楼、峡防局
在呜咽的诗歌里
即使是柔软的石头
也流淌着一个村落的集体记忆

栖山枕水的呼吸
和寄居红楼的燕子
为赤色的文字分行
一粒春泥，就是一颗唤醒
阳光的水果糖
甜蜜着故人的思念
一捧月光，就是
小三峡活态芭蕾的所有细节
在旋转跳跃中
回味嘉陵江蹁跹的舞姿

在素心村，静观花木

在素心村
勾勒一场花事的，是
婴孩蹒跚学步的脚板
那么热烈的执着的
纯真的步伐

身披油彩的蜡梅
扯一片下山的晚风
装点阡陌交错的光影
黄昏后，线装的诗意
与素心的山水对饮

芒种需要插上速写的翅膀
才能触摸到新农村丝滑游离的鳞片

被云朵反复擦拭的馨香
潜入嘉陵江春潮涌动的思考
于是，幸福院落的轮廓
反复为投石问路的乡村塑形
再一点点叠加，铺色
素心，擎着动人心弦的张力
回眸一笑

老舍故居

比蓝天更蓝的
是蓝花楹的鼻翼
一粒遥远的种子
反复被方块字滋养，瞭望
四世同堂的碧波
反复冲刷季节的眼睛

吃掉文字的老鼠
在老舍的藤椅边拉着长长的尾音
为一片分娩的树叶歌吟
空空如也的青砖小楼
排列零星的音符
也排列着小羊圈胡同里的脉息

偏岩古镇

金刀峡的凝望
在暮色落脚时归巢
金刀能劈断山脉
却劈不断血脉

黑水河的发丝
在接龙场的指尖穿梭
直到古戏楼的唱腔
将耳蜗里的荒原
开垦出一片芳草地

那么，游子的虬根
便是盘结在吊脚楼下的眼泪
在根系包裹的堤岸
一滴串联另一滴
汇集成无声的旋律
召唤乡音

归家的运笔
从青石板苏醒的那一刻起
擦掉百年孤独的印记

把箜篌低沉的音调捧在掌心
为眼神浑浊的老斑鸠
捋一捋发黄的光阴

高　原

比身边任何一捆牧草都要馨香
十月的苜蓿，从阿妈的藏袍钻进
打夯舞的旋律
于是这暖曲，有了阳光的慈悲
有了草原的体系
如同鎏金的酥油茶敬献上苍的弹指惯性

高原上，一粒沙
就是一块赤色引擎
带着众生的原初吸纳信仰的力量
吐出广袤的生命力
从雪山之巅，一路歌吟
一路释放磁场
一路细滋慢长

航线是血脉的索引
当岷江之源与平川相拥
瓷实的脉搏已是浑然一体

马鞍山中隐

浣纱的南湖以归海的勇气
追随仗剑的身影
一支羊毫骑上乌骓马启程，踏雪吟春
用一个背影雕塑另一个背影
音色极具磁性
昼伏夜出，逐字模拟

城池依山傍水，用一个人的智慧
点燃一方山水的智慧

如果我说，四季空蒙
那么怀孕的不夜城必将盘束母性的发髻
将那些陈旧卷边的虚词
晾在烈日下熬煮
腹中胎动的春天
在竹海古树的羊水里
静听清泉钟鼓

濮塘撒下美学的种子后
九山丰满起来
刚与柔，不再四面楚歌

郑蒲港以钢铁的天空钻火
火焰鲜活
如熔金的璀璨

古典的真身与现代的卷轴交织
一曲心跳不止，穿透怀古的坐标
马鞍山，正手持长江
一寸一寸收割秋风

奔腾，是长江的前缀

银河跳进楚江
酒气散尽，怀中空无一物
翻涌的诗潮拍打古今
何谈潦倒，不过是孤勇的少年
改了脾性

入夜后
我是月宫一盏金樽
随《将进酒》落入人间
再从《横江词》的音浪中
抽一叶清凉的嫩芽
以一方净土滋养一页素笺

哪里会沉溺
谷雨后，我即化身滑翔的醉纸鸢
在无垠的天际，借风之手
解开束缚自由的千丝结
只是，君不见
我用时间赎回的翅膀而已

云朵是天门山的软甲

偶尔，也作为醉月的隐喻
即使楚江的孤帆身披寒雪
也能划向唐诗拓本
成为方块字的代名词
闲云舒卷，白鹭临水低飞
恣意领略
楚江策马的英姿

遥忆青莲居士

原本只有一根，漂泊的骨头
撑着退守的诗句南渡北归
后来随山河蔓延
万千草木堆砌凌云的阁楼
吟咏阳光，倒叙暮色
诗句包纳万物
春风一般度我

浮木无人掌舵
秋水迫降于采石矶
一樽，一卯，捉月，骑鲸
太白楼的物语姗姗而来
却不至失传

沿着当涂的针脚
解开牛渚山木质的盘扣
所有枯靡和杂念消逝
黄昏在江面落款
何其静谧，何其辽远

胸膛移花接木，倒影西江

渐次生长出枫红色的市井
拂过两岸旧风物时
千山就是李白
李白即为千山
伏身，瑶琴嘤嘤然

后记

我甚至已经开始忐忑揣度读者是否会耐着性子读完这些大龄青年般的文字。羞涩、彷徨、自卑，又带着一丝期许。它们躲在类风湿的骨骼里，已经太久了。

站在人生的十字路口，凝望这一行行诗句，它们的眼睛泛着天青色，就像刚穿过一场寒冬。它们小小的触角，在寻找一丝阳光，一丝温暖，一个可以呼吸的出口，它们需要我义无反顾一次，放下一切，从零开始。

从零开始，对于一个天生不自信的人来说，的确需要很大的勇气。

好在，无论晴雨，文字都默契地等候在方寸间，为我勾勒梦境，梦境落在纸上，汇聚成一条不大不小的溪流，涓涓流淌出四季的轮廓。之后，每一次落笔都仿佛是人生的归途。我在嶙峋的山谷、日落的街头、苍茫的旷野与无数个自由的灵魂坦诚相见，每一笔、每一画，都沾满了和煦的阳光、自由的天空、孤寂的大雨和忧伤的月色。

捧着与一首首诗歌团聚的日子，我的世界不再空空如也，我的生活不再按部就班，我集聚感官思想，一点一滴来垒筑精神的城池。而这些稚嫩的文字也渐渐长成翩翩少年，他有软茸茸的胡须，有棱角分明的轮廓，有宽厚的肩膀，有怦怦跳动的心律。远远地，我看见少年的眸子里，拓印出一江春水，从生命的各个角落缓缓淌入，滋润着两岸的水鸟、芦苇、百合，还有光色奇异的五彩之树。不知哪一天，这棵树长成了我，它有了赤橙黄绿青蓝紫的叶脉，爱情是红色，理想是绿色，生活是蓝色，直到完全抽芽出另一个自己。

第一次把自己呈现在襟怀袒露的文字中，我不知道这本书将以怎样的气质存在于读者的视域中，或许它没有百炼成钢的语言表达和深邃的文化价值，但它却有着蹒跚学步后渴望独立的炽烈眼神。我真心希望能从读者的眼中看到这些文字的倒影，这也是我百转千回的文学初心。